BOTSCHAFT DER NACHT

herausgegeben von
Dorothea und Hans Bemmann

BOTSCHAFT DER NACHT

AUF DEN SPUREN VON TRAUM UND WIRKLICHKEIT

Herausgegeben von
Dorothea und Hans Bemmann

Christophorus-Verlag · Freiburg i. Br.

CIP-Titelaufnahme der Deutschen Bibliothek

Botschaft der Nacht: auf den Spuren von Traum und Wirklichkeit / hrsg. von Dorothea u. Hans Bemmann. – Freiburg i. Br.: Christophorus-Verl., 1989
ISBN 3-419-50918-9

Umschlaggestaltung: Michael Wiesinger, Freiburg i. Br.
Gesamtherstellung: F. X. Stückle, Druck u. Verlag, Ettenheim

INHALT

VORWORT

Dämmerung, Abend, Schlaf, Nacht und Traum. Wer es sich zur Aufgabe macht, Texte zu dieser Thematik zusammenzustellen, findet sie in Fülle. Die Dichter der gesamten Weltliteratur schrieben und schreiben über diesen Teil des Tageskreislaufs, der auf besondere Weise den Menschen herausfordert und verändert. »Trost der Welt«, »Stilles Meer«, »Mutter Nacht«, »die Nacht des Tages Feind«, »Großer Bär, zottige Nacht«, heißt es bei ihnen.

Die Nacht bietet den Menschen ein ungeheures Spannungsfeld: Jeder erlebt sie anders. Die Gesunden, die sich nach getaner Arbeit entspannen können, begrüßen sie und ihren Begleiter, den Schlaf. Die Ruhelosen nehmen sie nicht wahr und sehen in ihr die lästige Unterbrechung ihrer so wichtigen Arbeit. Die Kranken, die Schlaflosen fürchten sie. Die Künstler verehren sie, denn in ihr werden Kräfte wach, die bei Tage kaum wahrnehmbar sind, die Begabungen verstärken sich, viele große Werke sind in nächtlichem Tun entstanden.

Die Angst, auch eine beständige Begleiterin der Nacht, hat jetzt ihre bedrängendste Zeit. Was am Tage harmlos und einfach erscheint, wird in der Nacht zur Bedrohung, Probleme türmen sich ins Riesenhafte, Schatten werden zu Gespenstern, Geräusche zum Schrecken. Die kindliche Angst wächst in der Nacht, und wehe dem Kind, das keinen Menschen hat, der diese Angst vertreibt. Veränderungen des Körpers, der diese Syndrome produziert, sind medizinisch meßbar, aber nicht auszulöschen, es sei denn mit Medikamenten, die die Persönlichkeit verändern, ganz sicher aber den Traum vertreiben, den Traum, der uns hilft, unser Leben zu bestehen.

Welche Rolle das Träumen im Tagesablauf spielt, davon wissen nicht nur die Seelenärzte zu sagen, davon erzählen auch die Märchen, die Sagen und Lieder aller Völker. Die Traumgeschichten der Bibel – etwa Jakobs Traum oder die Träume des Pharao in der Josefserzählung seien hier für unzählige andere genannt, die spüren lassen, wie entscheidend der Traum und seine Symbolik den Menschen beeinflußt.

Die Alten haben gelassen den Schlaf den kleinen Bruder des Todes genannt und sich vertrauensvoll in seine Arme begeben. Der Trost, den ihnen der Schlaf brachte, reichte noch in die Mühsal des Tages. Vorher standen Einkehr und Besinnung, man gab sich – und sprach es getrost aus – in Gottes Hut.

Dieses Buch soll Lyrik und Prosa von gestern und heute darbieten und damit zeigen, welche Auswirkungen das Nacht-Geschehen auf den schöpferischen Menschen hat. Allzu Bekanntes wurde dabei nach Möglichkeit beiseite gelassen, wenn auch der literarisch Kundige auf den einen oder anderen ihm vertrauten Text stoßen wird. Die Verse und Geschichten sind nach Sinnkreisen geordnet, nicht nach der Entstehungszeit. So steht zu Anfang das Abendgebet eines Menschen der Gegenwart, der sich Gottes Gnade überläßt, oder das Gebet der jungen Tramperin in Assisi, die den Heiligen um Schutz für die Nacht bittet. Das Abendgedicht des Barockdichters Gryphius setzt den Tag als ein Gleichnis für das Leben. In seiner großen Hymne an die Nacht nennt Charles Péguy sie »die Tochter mit dem schönen Mantel« und endet mit dem Gedenken an die Nacht, die sich beim Tod Jesu auf die Erde senkte. Die Mondgedichte von Goethe, der Droste und Endes Vollmondlegende zeugen von der Anziehungskraft dieses Gestirns auf die Menschen. Zwei Schlaflieder für ein kleines Mädchen – das eine heiter-tröstlich, das andere gedankenbefrachtet – spiegeln wie die Erzählung des faröischen Dichters William Heinesen »Das geflügelte Dunkel« den Abend und die Nacht im Umkreis von Kindern wider.

Die Traumerzählungen des Buches, die Nachtgesichter und Gespenstergeschichten verdeutlichen Nachterfahrungen besonderer Art.

Die in der Mitte des Bandes stehende Andacht des Pietisten Tersteegen beim nächtlichen Wachen ruft die Schar der Schlaflosen auf, ihn, den Dichter, als ihren Vorbeter anzunehmen und mit ihm durch das Dunkel zum Licht zu gehen. So endet auch die Auswahl mit einem Gedicht von Kurt Marti, das in wenigen Zeilen vom Licht der Welt spricht.

Dorothea und Hans Bemmann

MARTIN GUTL

ABENDGEBET

Den bewußten Tag ablegen,
wie man ein Kleid abstreift.

Den Tag übergeben können
und ohne Anspruch auf den nächsten warten
wie ein Bettler auf das Brot.

Das Beben seines Geistes
in der Stille
verebben lassen,
von Seinem Antlitz
sich richten lassen,
in Seinen Augen Gnade finden.

Aus Hoffnung schlafen können.
An die Kraft der Keime
im Acker glauben,
die in unsichtbaren Tiefen
die Ernte vorbereiten.

ANGELIKA KOLLER

MONTEROSSO: TUTTO OCCUPATO

NACHTGEBET MIT DEM RUCKSACK ALS KOPFKISSEN

Heiliger San Franzisco am Berg
Wolfsbändiger
freundlich lächelnder Bronze-Grüner
Hafenschützer
Eidechsenwärmer
laß mich zu deinen Füßen ruhen heut Nacht!

Gib mir einen sandweichen Traum auf den Steinen
von den drei Grazien dieser Stadt wie sie
aus jeder Sprache vier Wörter mich lehren,
von den Melonen-Kommunisten und der duftenden
Pizzaküche, und auch von den beiden
Berliner Engeln im Schlafsack!

Mach mich unsichtbar für sechs Stunden:
den launischen Strandläufern und Schattenverkäufern,
den quengelnden Kellnern, und vor allem,
vor allem der devisengierigen, allgegenwärtigen,
der überaus mächtigen Polizei!

Heiliger San Franzisco am Berg
Wolfsbändiger
fröhlich betender Kuttenträger
Mövenbeschwörer
Schneckenbewahrer
schaff mir den Himmel zum Haus für heut nacht!

ANDREAS GRYPHIUS

ABEND

Der schnelle Tag ist hin; die Nacht schwingt ihre Fahn
Und führt die Sterne auf. Der Menschen müde Scharen
Verlassen Feld und Werk; wo Tier und Vögel waren,
Traurt itzt die Einsamkeit. Wie ist die Zeit vertan!

Der Port naht mehr und mehr sich zu der Glieder Kahn.
Gleichwie dies Licht verfiel, so wird in wenig Jahren
Ich, du und was man hat und was man sieht, hinfahren.
Dies Leben kommt mir vor als eine Rennebahn.

Laß, höchster Gott, mich doch nicht auf dem Laufplatz gleiten,
Laß mich nicht Ach, nicht Pracht, nicht Lust, nicht Angst verleiten,
Dein ewig heller Glanz sei vor und neben mir!

Laß, wenn der müde Leib entschläft, die Seele wachen,
Und wenn der letzte Tag wird mit mir Abend machen,
So reiß mich aus dem Tal der Finsternis zu Dir!

FRIEDRICH HÖLDERLIN

ABENDPHANTASIE

Vor seiner Hütte ruhig im Schatten sitzt
Der Pflüger, dem Genügsamen raucht sein Herd.
Gastfreundlich tönt dem Wanderer im
Friedlichen Dorfe die Abendglocke.

Wohl kehren itzt die Schiffer zum Hafen auch,
In fernen Städten, fröhlich verrauscht des Markts
Geschäftiger Lärm; in stiller Laube
Glänzt das gesellige Mahl den Freunden.

Wohin denn ich? Es leben die Sterblichen
Von Lohn und Arbeit; wechselnd in Müh und Ruh
Ist alles freudig; warum schläft denn
Nimmer nur mir in der Brust der Stachel?

Am Abendhimmel blühet ein Frühling auf;
Unzählig blühn die Rosen und ruhig scheint
Die goldne Welt; o dorthin nimmt mich,
Purpurne Wolken! Und möge droben

In Licht und Luft zerrinnen mit Lieb und Leid! –
Doch, wie verscheucht von töriger Bitte, flieht
Der Zauber; dunkel wird's, und einsam
Unter dem Himmel, wie immer, bin ich –

Komm du nun, sanfter Schlummer! Zu viel begehrt
Das Herz; doch endlich, Jugend! verglühst du ja,
Du ruhelose, träumerische!
Friedlich und heiter ist dann das Alter.

ANNETTE VON DROSTE-HÜLSHOFF

MONDESAUFGANG

An des Balkones Gitter lehnte ich
Und wartete, du mildes Licht, auf dich.
Hoch über mir, gleich trübem Eiskristalle,
Zerschmolzen schwamm des Firmamentes Halle;
Der See verschimmerte mit leisem Dehnen,
Zerflossne Perlen oder Wolkentränen?
Es rieselte, es dämmerte um mich,
Ich wartete, du mildes Licht, auf dich.

Hoch stand ich, neben mir der Linden Kamm,
Tief unter mir Gezweige, Ast und Stamm;
Im Laube summte der Phalänen Reigen,
Die Feuerfliege sah ich glimmend steigen,
Und Blüten taumelten wie halb entschlafen;
Mir war, als treibe hier ein Herz zum Hafen,
ein Herz, das übervoll von Glück und Leid
Und Bildern seliger Vergangenheit.

Das Dunkel stieg, die Schatten drangen ein –
Wo weilst du, weilst du denn, mein milder Schein! –
Sie drangen ein wie sündige Gedanken,
Des Firmamentes Woge schien zu schwanken,

Verzittert war der Feuerfliege Funken,
Längst die Phaläne an den Grund gesunken,
Nur Bergeshäupter standen hart und nah,
Ein düstrer Richterkreis, im Düster da.

Und Zweige zischelten an meinen Fuß
Wie Warnungsflüstern oder Todesgruß;
Ein Summen stieg im weiten Wassertale
Wie Volksgemurmel vor dem Tribunale;
Mir war, als müsse etwas Rechnung geben,
Als stehe zagend ein verlornes Leben,
Als stehe ein verkümmert Herz allein,
Einsam mit seiner Schuld und seiner Pein.

Da auf die Wellen sank ein Silberflor,
Und langsam stiegst du, frommes Licht, empor;
Der Alpen finstre Stirnen strichst du leise,
Und aus den Richtern wurden sanfte Greise;
Der Wellen Zucken ward ein lächelnd Winken,
An jedem Zweige sah ich Tropfen blinken,
Und jeder Tropfen schien ein Kämmerlein,
Drin flimmerte der Heimatlampe Schein.

O Mond, du bist mir wie ein später Freund,
Der seine Jugend dem Verarmten eint,
Um seine sterbenden Erinnerungen
Des Lebens zarten Widerschein geschlungen,
Bist keine Sonne, die entzückt und blendet,
In Feuerströmen lebt, im Blute endet –
Bist, was dem kranken Sänger sein Gedicht,
Ein fremdes, aber o! ein mildes Licht.

CHARLES PÉGUY

NACHT, MEINE TOCHTER

O Nacht, o meine Tochter, die Nacht, die frömmste all' meiner Töchter,
Die gottesfürchtigste.
Von all' meinen Töchtern, meinen Geschöpfen am meisten in meinen Händen, am meisten mir hingegeben.
Du rühmst mich im Schlafe noch mehr, als dein Bruder, der Tag, in der Arbeit mich rühmt.
Denn der Mensch in der Arbeit rühmt mich nur durch seine Arbeit.
Und im Schlafe bin ich's, der sich selber rühmt, da der Mensch sich mir hingibt.
Und es ist sicherer so, ich verstehe mich besser darauf.
Nacht, du bist eine Nahrung dem Menschen, die besser ihn nährt als Wein und als Brot.
Denn bei einem, der ißt und der trinkt, sofern er nicht schläft, schlägt seine Nahrung nicht an.
Gibt Bitternis, greift ihm ans Herz.

Doch wenn er schläft, wird Brot und wird Wein zu Fleisch ihm und Blut.
Für das Arbeiten. Und für das Beten. Und für das Schlafen.
Nacht, du allein heilst die Wunden.
Die leidvollen Herzen. Die ganz zerschlagenen. Ganz zerstückten.
O du schwarzäugige Tochter, meine Helferin bist du, darfst du dich nennen, als einzige all meiner Töchter.
Helfershelferin bist du mir, denn ich und du, ich durch dich,
Wir locken zusammen den Menschen in die Schlinge hinein meiner Arme,
Und fangen ihn so ein wenig durch Überrumplung.
Doch fängt man ihn so, wie es gerade geht. Wenn einer das weiß, so bin ich es.

Nacht, du bist eine Erfindung Meiner Weisheit.
Nacht, o meine Tochter die Nacht, o meine schweigsame Tochter
Am Brunnen Rebekkas, am Brunnen der Samariterin
Schöpfst du das tiefste Wasser
Aus dem tiefsten der Brunnen.
O Nacht, du wiegst alle Geschöpfe
In einen heilenden Schlaf.
O Nacht, du wäschst alle Wunden
Im einzigen frischen Wasser, im einzigen tiefen Wasser
An dem Brunnen Rebekkas, geschöpft aus dem tiefsten der Brunnen.
Freundin der Kinder, Freundin und Schwester der jungen Hoffnung.

O Nacht, die du alle Wunden verbindest,
Am Brunnen der Samariterin schöpfst du aus dem tiefsten der Brunnen
Das tiefste Gebet.
O Nacht, o meine Tochter, die Nacht, die du zu schweigen verstehst, meine Tochter im schönen Mantel.
Du spendest Ruhe, Vergessen. Du spendest Balsam und Schweigen und Schatten.
O meine gestirnte Nacht, ich erschuf dich als erste.
Du, die in Schlaf wiegt, die schon begräbt in einem Schatten der Ewigkeit
All' meine Geschöpfe.
Die unruhevollsten, das feurige Pferd, die emsige Ameise,
Und den Menschen, diesen Ausbund an Unruhe.
Nacht, der es gelingt, den Menschen schlafen zu machen,
Diesen Brunnen der Unruhe.
Der ganz allein unruhiger ist als die ganze Schöpfung zusammen.
Den Menschen, diesen Brunnen der Unruhe.
So wie du schlafen machst das Wasser des Brunnens.
O meine Nacht im weiten Gewande.
Die du die Kinder birgst und die junge Hoffnung
Unter den Falten deines Gewandes.
Aber die Menschen dulden es nicht.
O meine schöne Nacht, ich erschuf dich als erste.
Und fast schon zuvor.
Schweigende in deinen langen Schleiern,
Durch die ein Vorgefühl auf Erden herabsinkt,

Die du spendest aus deinen Händen, die du ausgießt auf Erden
Einen ersten Frieden,
Vorboten des ewigen Friedens.
Eine erste Ruhe,
Vorboten der ewigen Ruhe.
Einen ersten Balsam, so frisch, eine erste Seligkeit,
Vorboten der ewigen Seligkeit.
Du, die Frieden spendet und Balsam und Tröstung.
Du, die die Wunden heilt und die gemarterten Glieder.
Du, die den Herzen Schlaf bringt, du, die den Leibern Schlaf bringt,
Den leidvollen Herzen, den leidvollen Leibern,
Den gekrümmten,
Den zerbrochenen Gliedern, dem zerschlagenen Kreuze,
Gebrochen von Mühsal, von Sorgen, von tödlicher
Unruhe,
Von Leiden,
Du, die Balsam gießt in die Kehlen, die Bitternis zuschnürt,
Erfrischenden,
O meine Tochter mit großem Herzen, ich erschuf dich als erste,
Fast noch zuvor, o Tochter mit dem unermeßlichen Schoße,
Und ich wußte gar wohl, was ich tat.
Ich wußte vielleicht, was ich tat.
Du, die dem Kind im Arm seiner Mutter den Schlummer bringt,
Dem Kinde, das ganz verklärt ist von einem Schatten des Schlafes,

So daß es nach innen lacht, insgeheim lacht, voller Vertrauen in seine Mutter
Und mich,
Insgeheim lachend mit einer Falte der ernsten Lippen,
Du, die dem Kinde den Schlummer bringt, das ganz von innen geschwellt ist und überfließt von der Unschuld
Und von Vertrauen
Im Arm seiner Mutter.
Du, die dem Jesuskind alle Abend den Schlummer brachte
Im Arme der Heiligsten, Unbefleckten.
Die Schwester Pförtnerin bist du der Hoffnung.
O meine Tochter, die erste von allen. Der es sogar gelingt,
Der es zuweilen gelingt,
Die du dem Menschen den Schlummer bringst im Arm meiner Vorsehung,
Der mütterlichen,
O meine Tochter, *strahlende, dunkle,* ich grüße dich,
Du, die da heilt, die Nahrung und Ruhe gibt,
O Schweigen des Schattens,
Ein solches Schweigen herrschte vor der Erschaffung der Unruhe,
Vor dem Beginne des Reiches der Unruhe.
Ein solches Schweigen wird herrschen, aber ein Schweigen des Lichtes,
Wenn all diese Unruhe vollendet sein wird,
Wenn all diese Unruhe erschöpft sein wird.
Wenn sie alles Wasser geschöpft haben aus ihrem Brunnen.

Nach der Vollendung, nach der Erschöpfung all dieser Unruhe
Des Menschen.
So bist du alt, meine Tochter, und hinter der Zeit,
Denn in diesem Reiche der Unruhe gedenkst du, begehst das Gedächtnis, stellst fast wieder her,
Läßt faßt wieder beginnen die Ruhe, die vorher war,
Als mein Geist schwebte über den Wassern.
Aber zugleich, meine gestirnte Tochter, meine Tochter im dunklen Mantel, bist du allen voraus, bist sehr vor der Zeit.
Denn du verkündest, denn du stellst dar, denn du läßt fast im voraus wieder beginnen an allen Abenden
Meine große Ruhe im Lichte,
Im ewigen Lichte.
Nacht, du bist heilig, Nacht du bist groß, Nacht, du bist schön.
Nacht in dem großen Mantel.
Nacht, ich liebe und grüße und rühme dich, und du bist meine große Tochter und bist mein Geschöpf.
O schöne Nacht, Nacht in dem großen Mantel, meine Tochter im Sternenmantel,
Du läßt mich gedenken, mir selber rufst du zurück das große Schweigen, wie es bestand,
Bevor ich geöffnet die Schleusen des Undanks.
Und du verkündest mir, mir selber verkündest du, jenes große Schweigen, das sein wird,
Wenn ich sie wieder geschlossen habe.
O sanfte, o große, o heilige, schöne Nacht, vielleicht meine heiligste Tochter, Tochter im großen Gewande, im Sternengewande,

Du läßt mich des großen Schweigens gedenken, das in der Welt war
Vor dem Beginne der Herrschaft des Menschen.
Das Schweigen verkündest du mir, das sein wird,
Wenn die Herrschaft des Menschen zu Ende ging, wenn ich mein Zepter wieder ergreife.
Und ich denke zuweilen im voraus daran, denn dieser Mensch macht wirklich viel Lärm.
Doch vor allem, o Nacht, läßt du jener Nacht mich gedenken.
Und ich werde ihrer gedenken in Ewigkeit.
Die neunte Stunde hatte geschlagen. Es war im Land meines Volkes Israel.
Alles war schon vollbracht. Jenes gewaltige Abenteuer.
Von der sechsten Stunde an war eine Finsternis über dem ganzen Land bis zu der neunten Stunde.
Alles war schon vollbracht. Sprechen wir nicht mehr davon. Es greift mir ans Herz.
Meines Sohnes unglaublicher Abstieg hinab zu den Menschen.
Unter die Menschen.
Für das, was sie getan.
Diese dreißig Jahre, da er Zimmermann war unter den Menschen.
Diese drei Jahre, da er eine Art Prediger war unter den Menschen.
Ein Priester.
Jene drei Tage, da er ein Opfer war bei den Menschen.
Unter den Menschen.
Jene drei Nächte, da er ein Toter war bei den Menschen.

Unter den toten Menschen.
Diese Jahrhunderte und Jahrhunderte, da er Hostie ist bei den Menschen.
Alles war schon vollbracht, dieses unglaubliche Abenteuer,
Durch welches mir, Gott, die Hände gebunden sind für alle Ewigkeit.

WILLIAM HEINESEN

DAS GEFLÜGELTE DUNKEL

Es dämmert zwischen alten Hauswänden. Hier und da ein erleuchtetes Fenster. Wo das steile Gäßchen endet, hängt noch ein Stück fahler Abendhimmel, und dort ragt auch der Kirchturm empor, mit seiner Wetterfahne und den vier Kreuzen langsam im Abend segelnd.

Antonia und Brüderchen sind auf dem Heimweg vom Strand, wo sie sich den ganzen milden Augustnachmittag herumgetrieben haben. Sie haben flache Steine über das Wasser hüpfen lassen und Stichlinge gefangen, und sie haben Muscheln gesammelt, die Antonia auf eine Schnur gefädelt hat und nun als große, doppelte Halskette trägt. Sie hat auch einen Kranz aus Strandastern geflochten und ihn auf ihr strähniges Haar gesetzt.

Brüderchen ist müde und hungrig und möchte gern nach Hause, aber Antonia hat noch nicht genug vom

Draußensein. Sie läßt sich Zeit, trällert leise etwas, schaut mit großen, weit geöffneten Augen in die rauchverschleierten Winkel, dreht sich tanzend und klappert mit ihrer Halskette.

»Komm doch!« sagt Brüderchen ungeduldig.

Antonia antwortet ihm mit einem ihrer Trällerliedchen, einem jener kurzen, sinnlosen Verse, um die sie nie verlegen ist und die sie wohl selbst erfindet.

»Rund um 'ne alte Lampe
tanzt Tirumtille fein,
ihm ist so furchtbar bange,
er ist so furchtbar klein.»

»Du bist 'ne putzige Kruke«, sagt Brüderchen. »Deine Augenbrauen sehen aus wie 'ne Krähe, die fliegt.«

Antonia lächelt ihm zu, entblößt ihre großen Vorderzähne dabei und entgegnet dann liebevoll foppend: »Soso – und wie siehst du aus, Brüderchen? Nur wie 'ne kleine Kohlrübe – eine winzige kleine Kohlerolerübe.«

»Hallo, Kinder!« ruft eine Schattengestalt von Korinthen-Karls Ladentür her. Es ist Karl selbst, der Kaufmann. Sie sollen einen Weg für ihn gehen. Einen weiten Weg! Eine Kiste ist in Ole Snælds Haus zu bringen, dem Siedlerhaus weit oben im Vorland, im Norden der Stadt. Morgen wird Oles Tochter Hochzeit feiern. Man hat am Tage schon eine Menge Waren hinaufgebracht, doch eben stellte sich heraus, daß der Laufjunge etwas Wichtiges vergessen hat. Jetzt ist er unterwegs und wird bis zum Abend kaum zurück sein.

»Du bist doch so tüchtig, Antonia«, sagt Karl ermunternd. »Es ist doch weiter gar nichts für ein so großes

Mädchen wie dich, die kleine Kiste rauf zu Ole Snæld zu bringen!«

Der Lohn soll ein Päckchen Datteln sein. Antonia zögert und will noch nicht recht. Karl muß zwei Päckchen Datteln herausrücken. Außerdem verlangt sie eine Laterne, denn es wird ja bald stockfinster sein. Der Kaufmann schafft eine Sturmlaterne herbei, dann wird die Kiste auf den niedrigen Handwagen mit der langen Deichsel gebunden und die Laterne angezündet.

Es ist herrlich! Verflogen ist plötzlich alle Müdigkeit, und Brüderchen kann einen leisen Jubelton nicht unterdrücken, als sie losziehen und in den Abend hinauswandern. Die Muschelkette an Antonias Hals rasselt wie eine Klapperschlange.

»Weißt du, was wir jetzt sind?« fragt sie und stößt Brüderchen freundlich an. »Wir sind eine Diebesbande, die einen Schatz gestohlen hat. Ich bin die Diebeskönigin, ich heiße Kristella Allaralda!«

»Und was bin ich?« fragt Brüderchen.

»Du bist ein kleiner Räuber, ein sehr kleiner Räuber, du heißt nur Stoffa.«

»Ich will nicht Stoffa heißen«, schmollt Brüderchen.

»Da laufe ich einfach nach Hause, und du kannst allein rauf zu Ole Snæld.«

»Nein, dann heißt du eben Brassabras!« bestimmt Antonia. Brüderchen probiert den kraftvollen Namen und tut sich damit ein bißchen groß. Sie haben nun die Häuser der Stadt hinter sich, vor ihnen liegt die hügelige Feldmark, durch die sich schmal und bucklig der Weg zieht. Die Heuernte ist in vollem Gange, es riecht herb nach frisch gemähtem Gras. Sie bleiben einen

Augenblick stehen und schauen nach Westen, dem schwindenden Lichte nach. Um die Laterne schwirren kleine, lautlose Nachtschwärmer wie Feuerfliegen. Eine Kuh muht klagend in der Ferne.

»Huah!« macht Antonia und erschauert.

«Warum sagst du ›huah‹?« fragt Brüderchen. »Das war doch bloß 'ne Kuh!«

»Gott weiß, was das war! Na, gehen wir weiter.«

Sie bewegen sich einen langen Berghang hinauf und kommen an Berg-Elses kleinem Haus vorbei. Es liegt in tiefer Dämmerung, halb versteckt hinter niedrigen Ebereschen und Stachelbeerbüschen, nur der Giebel ragt heraus, vom Abendhimmel noch schwach beleuchtet. Das welke Gras auf dem Dach hängt wie wirres Haar über die dunklen Fenster herab. Nur im Stall brennt Licht. »Komm!« sagt Antonia und läßt den Wagen stehen. Sie schleichen zum Stall und gucken durch ein kleines, schimmelüberzogenes Fenster. Berg-Else sitzt dort wie in einem grünen Nebel und melkt ihre rahmgraue Kuh. Das ist ein so anheimelndes Bild – die friedliche alte Frau mit dem glattgekämmten weißen Haar. Wie gut sie es doch hat! Man denke, so allein zu wohnen, hinter den dichten Büschen, und nur mit der Kuh und den Hühnern herumzupusseln und Brot und Zuckerkuchen für sich backen zu können. Und die Else sieht nicht ein bißchen froh aus! Sie ist Witwe, darum ist sie wohl so traurig. Vielleicht geht ihr Mann um. Vielleicht hat sie ihn gar selbst erschlagen!

»Komm, wir müssen weiter«, sagt Antonia und faßt Brüderchen an.

Sie eilen den Hang hinauf, Brüderchen zieht an der

Deichsel, Antonia schiebt. Oben auf der Höhe steht eine alte Bank, dort ruhen sie ein wenig aus, essen Datteln und machen es sich im Schein der Laterne gemütlich.

Es rauscht aus dem Dunkel, als zöge unaufhörlich etwas vorüber, aber da ist nichts – nur dahinfließende Stille und Einsamkeit. Und doch ist da etwas, denn plötzlich ist es ganz nahe, das Rauschen legt sich hart aufs Ohr, wird stärker und füllt das Dunkel; und nun kann man hören, daß es Vögel sind, kann man Flügelschläge und vereinzelt ein kurzes, wachsames Piepsen heraushören.

Antonia faßt Brüderchen am Jackenärmel, beide rekken sie den Kopf in das Dunkel, doch da ist nichts zu sehen. Nur dieses gewaltige Rauschen vieler Flügel ist zu hören.

Nun klingt es ab und verliert sich im Dunkel. Im Ohr ist nur noch das vertraute, wallende Geräusch.

»Es waren Vögel«, sagt Brüderchen.

»Nein«, erwidert Antonia.

»Waren es keine Vögel?«

»Nein!«

»Was war es denn? Es war doch etwas, was flog!«

Antonia schweigt geheimnisvoll und besserwissend.

»Du bist mir schon 'ne Trine«, sagt Brüderchen.

Sie setzen sich wieder hin und essen im einsamen Schein der Laterne weiter von den Datteln. Plötzlich aber richtet Antonia ihre großen, blassen Augen auf Brüderchen und flüstert: »Denk ja nicht, daß es Berg-Else so gut geht. Ihr Mann kommt manchmal nachts zu ihr, in ein langes, weißes Leichentuch gehüllt.«

»Was da schon dabei ist!« sagt Brüderchen höhnisch.

Antonia nickt geheimnisvoll, ihre Augen werden schmale, schwarze Schlitze.

»Hast du aber Angst!« ruft Brüderchen und spuckt aus.

Das Licht des Abends ist nun ganz verschwunden. Der Himmel ist bewölkt. Es duftet weithin nach Moos und Nacht. Ein großer, behaarter Falter taumelt benommen gegen das Glas der Laterne. Das geht doch nicht, er rennt sich ja den Kopf ein! Antonia fängt ihn, seine wild schlagenden Flügel rasseln in ihren hohlen Händen wie der Klöppel eines Weckers und kitzeln sie, so daß sie ihn wieder loslassen muß; und sofort ist er wieder an der Laterne und fliegt mit Todesverachtung gegen das Glas.

»Der rennt sich den Kopf ein«, sagt Antonia. »Der fliegt sich tot«.

»Wie fett er ist«, stellt Brüderchen fest.

Sie ziehen den Wagen weiter. Die Dunkelheit ist nun so dicht, daß der Lichtschein der Laterne förmlich ein Loch hineingräbt, einen geheimnisvollen Gang. Jetzt gibt es in der ganzen Welt nur noch Antonia und Brüderchen. Und den unbändigen Nachtschwärmer. Und den Wagen und das kleine Stück Weg, auf dem sie gerade dahinfahren. Sie waten in ihrem eigenen, hüpfenden Schatten. Das Licht fängt das Gras und die Sauerampferbüschel am Wegrain ein, hin und wieder taucht ein großer Stein auf und zeigt ihnen aus dem Dunkel die Zähne. Brüderchen spuckt aus und schaut noch immer höhnisch drein. Seine kurze, beleuchtete Gestalt hebt sich lächerlich klein und schroff von all dem übermächtigen Dunkel ab.

»Wie komisch er ist, der Schmetterling«, sagt er. »Er sieht aus, als hätte er richtige Federn! Was will er nur an der Laterne?«

»Rein und sich totbrennen«, antwortet Antonia.

Aber plötzlich ist der gefiederte Nachtschwärmer fort.

Nein, er ist nicht fort; man sieht seinen taumelnden Schatten auf dem Glas. Doch nun ist er drinnen.

»Au!« ruft Brüderchen. »Jetzt verbrennt er sich!«

Noch ehe er es richtig ausgesprochen hat, ist der Falter schon verbrannt und tot. Nicht einmal ein bißchen Rauch bleibt zurück.

»Der *wollte* sterben«, murmelt Antonia düster.

Brüderchen stößt einen rauhen, mißbilligenden Ton aus. Er kann traurige Sachen nicht leiden. Aber Antonia kann das, sie liebt Trauriges.

Aber da ist doch der lächerliche Falter wahrhaftig wieder!

»Sieh nur, Antonia!«

»Nein, das ist ein anderer«, erklärt Antonia. »Nun ist der an der Reihe, sich den Kopf einzurennen!«

Brüderchen beginnt zu pfeifen. Er mag die dummen Motten nicht mehr sehen, die sich nur den Kopf einrennen.

»Nun müssen wir uns vor Krumpe Krughals in acht nehmen«, sagt Antonia. »Er wohnt hier irgendwo.»

Brüderchen hat den Namen noch nie gehört. Antonia auch nicht, sie hat Krumpe Krughals soeben erfunden. Und sie sieht ihn auch deutlich vor ihrem inneren

Auge: einen kleinen verwachsenen, grünlichbleichen Kerl, hohläugig, mit spärlichem Bart. Er wohnt auf der Höhe, wo Judas begraben wurde, damals, nachdem er sich erhängt hatte.

»Du erinnerst dich doch an Judas' Grab, nicht wahr, Brüderchen? Und Krumpe Krughals ist eigentlich Judas selbst, er sitzt da und klimpert mit seinen Silberlingen, er zählt sie immer wieder, und wenn man im Dunkeln vorbeikommt und ihn stört...«

»Hahaha!« unterbricht sie Brüderchen. »Ich mache mir nichts aus ihm! Nicht so viel!«

Antonia traut sich eigentlich gar nicht, noch mehr zu erzählen. Doch ihr Mund redet von allein, und sie sagt heiser: »...dann erwürgt er einen mit dem Seil, mit dem er sich aufgehängt hat!«

Brüderchen zieht eine Grimasse und ruft wieder laut: »Nicht so viel! Nicht so viel!«

Das klingt so ohnmächtig, das ist ein so schwacher und jämmerlicher Laut in all diesem tiefen Dunkel. Antonias Herz pocht, sie fühlt einen fast unwiderstehlichen Drang zu schreien, heulend in das Dunkel zu laufen und nur zu schreien, zu tanzen und Purzelbäume zu schlagen. Sie wendet sich ab und sperrt den Mund auf zu einem lautlosen Schrei gegen das Schwarze. Danach aber fühlt sie eine merkwürdige Reue, sie faßt Brüderchen freundlich an und sagt mit Wärme: »Aber siehst du, Brüderchen, dann kommt Jesus und nimmt ihn bei der Hand und schaut ihn an.«

»Schaut wen an?«

»Ihn!« Antonia kann den häßlichen Namen nicht richtig über die Lippen bringen und murmelt: »Krum-

pe Krughals. Er schaut ihn nur an. Da fällt er zusammen wie ein Gerippe ...«

»Wer fällt zusammen?« fragt Brüderchen.

»K.K.«, antwortet Antonia flüsternd.

Es rauscht im Gras und heult leise herüber von den großen, gottverlassenen Steingräbern im Dunkel. Wie weit der Weg doch ist! Er führt bergauf, immer bergauf. Noch sieht man nicht das Licht von Ole Snælds Haus. Immer nur die Laterne und der niedrige Wagen, der Weg und die grauen Steine, die scheinbar frei im Gras umherlaufen. Und Berg-Elses verstorbener Mann mit bleckenden Totenzähnen. Und dann K.K. mit seinem Strick. Antonia schreit in ihrem Innern, sie stößt heftige, stumme Schreie aus, die sich ins Dunkel erheben und in weiter Ferne auf lautlosen Schwingen herabsinken.

»Und dann ist da Summa-Summarum!« sagt sie. Und sie sagt es, als wolle sie sich vor Lachen ausschütten. Dabei gibt es darüber nichts zu lachen, gar nichts. Denn Summa-Summarum ist das Schlimmste von allen. Eine ganze Wolke furchtbarer, friedloser Geister, die vorbeifegen. Unvermutet sind sie heran, da hört man Flügelrauschen in der Luft, da sieht man Köpfe und Arme und Beine im Dunkeln, Augen und Gesichter, lange Hände, die nach einem greifen. Von alldem wagt sie Brüderchen nichts zu erzählen. Das soll er lieber erraten.

»Surrelurrelarum,
Himmeldimmeldarum!«

trällert sie und läßt ihn warten. Und sie weiß plötzlich so schrecklich viel von dieser friedlosen Gespensterwolke, sie sieht die wilden Gesichter vor sich, entsetzliche Pferdeköpfe, Trollschnauzen, die vor Lachen ersticken wollen; bleiche Frauen, die schluchzend und heulend grinsen, ohne zu lächeln, die zwischen Toten jammern mit halbgeöffneten Mündern und ohnmächtigen Gesichtern. Da kann sie sich nicht mehr beherrschen, sie greift nach Brüderchen, schüttelt ihn tüchtig durch, grinst ihm ins Gesicht und beißt ihn ins Ohr. Gott sei's gedankt für Brüderchen und seine unschuldige Dummheit in diesem ewigen Dunkel!

»Geh weg, du dumme Trine!« ruft er und setzt sich zur Wehr.

Doch nun ist das Licht von Ole Snælds Haus zu sehen, in weiter Ferne. Und mit einemmal wird alles ganz wahnsinnig schön. Das Dunkel wird immer ungefährlicher, es zieht sich zurück und beschäftigt sich mit sich selbst.

Aber dort an dem Schober, da *steht* jemand – und, du milder und gütiger Herr, das ist doch wohl kein Mensch, diese furchtbar große und baumstille Gestalt dort am Schober? Nein, es ist kein Mensch, und Antonia weiß sofort, was es ist. Sie sagt bestürzt: »Das ist doch der … Nein! Gott behüte meinen Mund!«

Brüderchen bleibt gaffend stehen.

Antonia schlägt im Schein der Laterne ein großes Kreuz und geht wie eine Heilige mit erhobenen Händen auf den Schober zu.

Und siehe, der Böse muß weichen! Er weicht nur langsam und widerwillig, Schritt für Schritt, man hört seinen Huf im Kies.

»Du dummes Ding!« Brüderchen lacht höhnisch.

»Konntest du dir das nicht denken? Ich habe gleich gesehen, daß es ein Pferd war!«

Antonia lacht schallend, nimmt dann Brüderchens Hände und zwingt ihn, mit ihr um die Laterne zu tanzen. Sie singt aus vollem Halse:

»So tanzte denn das Brüderchen,
das Schloß, es ist gewonnen,
er war der König, allzustark,
da mußt' auf den Hintern er fallen,
die Räuber zwölf,
die reiten nach Norden zu Holze ...«

»Halt doch endlich dein Maul!« sprudelt Brüderchen wütend, doch man hört seiner Stimme an, wie erleichtert er im Herzen ist.

Das letzte Wegstück legen sie in Freude und Wonne zurück. Sie liefern die Waren des Kaufmanns den geschäftigen Frauen in Ole Snælds Küche ab und dürfen auch einen Blick in die Stube werfen, wo Tongl-Anna, die Näherin, steht und mit Stecknadeln im Mund Oles magerer Tochter zunickt, die das Brautkleid anprobiert. Hier ist man fröhlich und guter Dinge, Ole und sein Schwiegersohn singen im erleuchteten Keller Volkslieder, sie üben die Brautweise. Jakob der Bootsbauer, Oles einäugiger Bruder, ist auch da; er trägt eine schwarze Klappe vor dem blinden Auge. Antonia und Brüderchen können sich kaum von dem festlichen Haus losreißen, das ihnen vorkommt wie das Märchenschloß Soria-Moria bei Nacht. Sie stehen noch lange da und starren auf das sorglose Gewimmel, wehmütig die Geborgenheit genießend, die Menschennähe verleiht.

Dann aber geht es wieder hinaus in den schwarzen Abend. Es muß sein. Das Dunkel heftet sich ihnen rasch wieder an die Fersen, wird bösartig und raubgierig, voller Flügel und selbstmörderischer Insekten, voller Spott und Triumph, feuriger Freundlichkeit und Lockung, voller gewaltigem und verwerflichem Entzücken. Der leere Wagen rattert und klappert übermütig, die kleine Flamme der Laterne flackert gelb und blau, mitunter auch höllengrün. Der Schober knarrt näselnd mit lauter Altweiberstimme, die zwischen Drohung und verborgener Herzlichkeit hin und her schwankt.

Dann geht es wieder den Abhang hinunter, der Heuduft kommt in süßen Wogen mit der säuerlichen Beimischung von Moos und Grab. Das dunkle Gras der noch nicht gemähten Flächen flüstert und wispert.

Antonia läßt den Wagen mitten am Hang stehen.

»Was ist denn nun wieder?« fragt Brüderchen müde.

»Guck mal«, antwortet sie leise. »Wenn du dich mit dem Rücken zum Licht stellst, kannst du sie sehen – all die Köpfe!«

»Was denn für Köpfe?«

»Die Trollköpfe! Siehst du sie nicht?«

Nein, Brüderchen sieht nur gewöhnliche Grasbüschel, Sauerampferstauden und Steine. Er sieht nicht die grauen Altweibergesichter, sieht nicht das Gedränge der kleinen, alten Weiblein im Trollwald. Sie zupfen und zerren sich in eifrig flüsternder Unterhaltung, sie reden und schwatzen von Stoffen, von weißem Brautstaat, von schwarzem Trauerflor, von Kinderwäsche, Leichenhemden, alten Flicken und Strippen, von grauen Garnknäueln, die bis ans Ende der Welt reichen, und von Spinnrocken, die Abend für Abend bis tief in die Nacht hinein surren, wenn Katzen und Gespenster allein die Herren der Erde sind. Der ganze Berghang lebt. Zottige Kinder mit viel zu großen Köpfen tanzen Ringelreihen, kleine ernste Männer tragen Torf zu Herden und Kaminen unter den Steinen, Scharen junger Mädchen ziehen in der Luft vorüber, dahingefahrene Mädchen, die in der Blüte ihrer Jugend starben ...

Antonia seufzt tief auf; sie denkt an diese jungen Gespenstermädchen, die nie mehr geliebt und geküßt werden; sie haben nur noch ihr kaltes Grab und die dunkle Nacht. Sie denkt weiter, wie traurig es wäre, wenn sie selbst jetzt stürbe, mitten im Dunkel, und wie einsam Brüderchen zurückbleiben würde ...

»Komm jetzt!« kommandiert Brüderchen laut und gebieterisch.

»Horch, hier ist ein Echo«, sagt Antonia und fängt an zu rufen: »Ho! Ho! Komm! Komm!«

»Laß das«, sagt Brüderchen streng.

»Komm!« ruft Antonia, und das Echo antwortet: »Komm!«

»Ich komme!« ruft Antonia, und das Dunkel antwortet: »Ich komme!«

»Ich komme!«

»Ich komme!«

»Hör doch auf!« schreit Brüderchen. »Antonia! Hör auf!«

Das Echo wirft seine Worte in wirrem Chor zurück. Dann wird es plötzlich sehr still. Doch mitten durch die Stille dringt ganz unerwartet ein Laut vom Berg herab, ein »Ho!« und wieder ein »Ho!«, dem unverständliches Gemurmel folgt.

Die Kinder horchen mit offenen Mündern und starren mit aufgerissenen Augen in das Dunkel.

»Komm!« flüstert Antonia hastig und nimmt Brüderchen bei der Hand. Sie stürzen davon, runter vom Weg, hinaus aufs freie Feld – nur fort. Das Dunkel schlägt seine Flügel um sie und nimmt ihnen fast die Luft. Die Halskette klappert wahnsinnig und ohrenbetäubend auf Antonias Brust, das Mädchen streift sie ab und schleudert sie in das Dunkel. »Hier!« Nach Atem ringend, stößt sie dann hervor: »Wir legen uns ins Gras.«

»Es war vielleicht gar nichts«, sagt Brüderchen.

Antonia antwortet nicht. Sie preßt Brüderchens Arm. Der Wagen steht einsam und verlassen am Hang, die Laterne flackert wie ein herabgefallener Stern.

»Ho!« tönt es wieder. Eine tiefe Männerstimme. Antonia drückt Brüderchen an sich und nimmt den Geruch von Tang und Tran wahr, der seiner Jacke anhaftet.

»Das ist sicher nur ein ganz gewöhnlicher Mann, der da ruft«, flüstert Brüderchen.

Antonia antwortet nicht. Es kann Jakob der Bootsbauer sein, denkt sie. Ole Snælds Bruder, der nun auch nach Hause geht. Aber wenn er es nun nicht ist? Wenn, wenn, wenn! Wenn es ein anderer ist, der aus dem Dunkel ruft! Wenn es zum Beispiel Sigurd Jorsalfar ist, der Jerualemfahrer! Sie hat einmal von ihm geträumt; ein Mann dieses Namens kam und drückte sie nieder, ein furchtbar zottiger Kerl, der ihr dann Luft in den

Mund blies, sie aufhob und mit ihr davonfuhr...

Da taucht im Schein der Laterne eine Gestalt auf, wird immer deutlicher sichtbar, tritt dicht neben die Laterne... Ein blasses Gesicht mit einem schütteren Bart nimmt Form an. Ein furchtbares Gesicht. Ein Totenkopf mit großen schwarzen Augenhöhlen. Krumpe Krughals! Nein, der ist es nicht. Es ist ganz wirklich nur Jakob der Bootsbauer mit seiner Augenklappe. Natürlich! Jakob hat das Rufen am Berg gehört und das Licht gesehen, und nun steht er da und fragt sich, wer da gerufen haben mag und was für ein Wagen und was für eine Laterne das ist. Und er denkt vielleicht, es seien Notrufe gewesen, die er gehört hat, denn er steht da und starrt den leeren Wagen an.

»Ho!« ruft er wieder, und »Ho!« antwortet das Echo vom Berge. »Ist jemand hier?»

»Hier?« antwortet das Echo.

»Hier!« ruft Brüderchen mit einer Stimme, die vor Freude und Erleichterung halb erstickt ist.

»Sei doch still«, sagt Antonia und kneift ihn in den Schenkel.

»Au!« schreit Brüderchen furchtbar laut auf, reißt sich aus Antonias Armen und rennt hin zu der Laterne und zu Jakob.

Antonia sitzt allein im Dunkeln. Sie sieht Brüderchen stehen, mit der Hand auf sie zeigen und Jakob dem Bootsbauer Bescheid sagen. Und da ist alles gleichsam wie zerstört. Sie fühlt sich plötzlich müde und hungrig und schüttelt sich vor Unbehagen bei dem Gedanken an den morgigen Tag und an die unerledigten

Schularbeiten, an Schelten und Schimpfen und sauer riechende Tintenfässer.

Sie erhebt sich mürrisch und gähnt seufzend, wie ein Mensch, den man zur Unzeit geweckt hat.

»Nun komm schon!« rufen Brüderchen und das Echo durcheinander.

»Komm schon!« ruft Jakob.

»Wartet«, antwortet Antonia. Sie läuft, dem Weinen nahe, im Dunkeln umher und sucht im Gras nach der weggeworfenen Halskette.

ERNST PENZOLDT

FÜR CHRISTIANE

WENN SIE NICHT SCHLAFEN WILL

Liebes Kind, du mußt nicht weinen,
Wenn die Nacht auch lang und finster ist.
Überm Dache Mond und Sterne scheinen,
Und vom Himmel schaut der heil'ge Christ.
Freilich flüstert's manchmal auf dem Gange,
Und es redet jemand im Kamin,
Und dann wird dir vor dem Bösen bange.
Fremde Schritte tappen her und hin.
Manchmal gucken Geister durch das Fenster,
Doch du mußt darauf nicht weiter achten.
Sei getrost, die deinen Schlaf betrachten,
Freun sich deines lieben Angesichts:
Engel sind es, freundliche Gespenster,
Und die tun dir nichts.

RICHARD BEER-HOFMANN

SCHLAFLIED FÜR MIRJAM

Schlaf, mein Kind – schlaf, es ist spät!
Sieh, wie die Sonne zur Ruhe dort geht,
Hinter den Bergen stirbt sie im Rot.
Du – du weißt nichts von Sonne und Tod,
Wendest die Augen zum Licht und zum Schein –
Schlaf, es sind so viel Sonnen noch dein –
Schlaf, mein Kind – mein Kind, schlaf ein!

Schlaf, mein Kind – der Abendwind weht.
Weiß man, woher er kommt, wohin er geht?
Dunkel verborgen die Wege hier sind,
Dir, und auch mir, und uns allen, mein Kind!
Blinde – so gehn wir und gehen allein,
Keiner kann keinem Gefährte hier sein –
Schlaf, mein Kind – mein Kind, schlaf ein!

Schlaf, mein Kind, und horch nicht auf mich!
Sinn hat's für mich nur, und Schall ist's für dich,
Schall nur, wie Windeswehn, Wassergerinn!
Worte – vielleicht eines Lebens Gewinn!
Was ich gewonnen, gräbt mit mir man ein,
Keiner kann keinem ein Erbe hier sein –
Schlaf, mein Kind – mein Kind, schlaf ein!

Schläfst du, Mirjam? – Mirjam, mein Kind:
Ufer nur sind wir, und tief in uns rinnt
Blut von Gewesnen – zu Kommenden rollt's,
Blut unsrer Väter, voll Unruh und Stolz.
In uns sind alle. Wer fühlt sich allein?
Du bist ihr Leben – ihr Leben ist dein –
Mirjam, mein Leben, mein Kind – schlaf ein!

HERBERT EISENREICH

LIEBESLIED AM ABEND

Bald ist Stille; dein Haar duftet in meinem Traum,
hilfreich über dem Bett legst du dein Schweigen hin,
blauer Mantel der Liebe
fängt den Sinkenden gnädig auf.

Süß wie Rosen, und herb, schattiger Wein, bist du,
wenn dein Atem die Brust rührt; und das Herz verbrennt
zögernd fast in den Armen
deiner Sanftmut, der tröstenden.

Und im zitternden Spiel leichten Gewölks betört
gern der trauliche Sinn sich und die Einsamkeit.
Schön, und selten zu singen
liegt dein Anblick in meinem Blut;

bis aus deinem Gezweig, stolz wie Musik, und weiß,
Perlen fallen; der Schlaf bindet, gemeinsam schwebt
eins im Munde des andern
dann, o zweisames Lied der Nacht.

FRANZ WERFEL

JEREMIA

Vor Müdigkeit fühlt Jirmijah seine Glieder nicht mehr. Zwischen zwei Fingern löscht er das zusammengeschrumpfte Lichtchen aus. So rasch überwältigt ihn die Erschöpfung, daß er aufs Lager fällt, ohne das abgeworfene Gewand vorher vom Boden aufzuheben. Sein Sinn ist leer. Keines der Bilder und Ereignisse dieses Tages bringt sich in flüchtige Erinnerung. Es ist ein Schlaf ohne Übergang, jäh und tief.

Doch dieser Schlaf kann kaum den zehnten Bruchteil einer Stunde gedauert haben, als er so plötzlich weicht, wie er gekommen ist, und einen völlig Erwachten zurückläßt. Dies ist ja das Unaussprechbare an dem, was sich jetzt begibt, daß Jirmijah weniger träumt als je, daß er wacht, klar und frisch, wie nach mehrstündiger Ruhe, und der Wirklichkeit und Wahrheit in sich und um sich restlos mächtig ist. Er setzt sich auf und blickt in die nächtige Kammer. Was ist geschehen? Den Ausschnitt des Fensters hat etwas verdunkelt. Von draußen dringt es herein, biegt und verteilt sich nach allen Seiten, so daß es die ganze Stube erfüllt; nichts Undeutlich-Wallendes, sondern alles klar und ausgebildet bis in das letzte Blättchen. Ein dichtes Blütengezweige ist es, das üppig eindringt und, lebendig sich spaltend, wie ein Netz an den Wänden hinrankt. Als wüchse vor dem Fenster plötzlich ein Baum, dessen Äste in die Kammer greifen. Die Zweige des Mandelbaums sind's, die am frühesten wach werden im Jahr, gleich am Ende des Winters, wenn sich noch keine Knospe sonst rührt. Die Zeit der blühenden Mandeln ist jetzt zu Passah schon viele Wochen lang vorbei. Und doch, das Zweigicht des Erwachens, der Ermunterung, der Morgenfrühe, der Jugend, dringt unablässig durch das Fenster. Unzählige Knospen springen auf, weiß und rosarot, entfalten sich, fallen ab, weil andere nachdrängen. Mit Händen könnte Jirmijah die herzbewegende Blust greifen, Zweig um Zweig, Wachblüte an Blüte. Aber er regt sich nicht auf seinem Lager. Er weiß: dies ist ein Gesicht! Es ist ihm sogar nicht ganz unbekannt, dieses Gesicht der Blütenzweige, wenn es niemals auch nur ein Hundertteil solcher Deutlichkeit und Fertigkeit erreicht hat. Er hält den Atem zurück. Sein Gehör ist aufs äußerste gespannt. Die Stimme muß kommen, die Stimme, die er ja kennt, wenn auch nur als kurze, ungenaue Einflüsterung, oder als fernen, hohlen Anruf, wie von Bergen herabhallend, als täuschenden Echolaut oder als ein prickelndes Mahnen im Innern des eigenen Kopfes. Immer, wenn ein Gesicht und die Stimme ihn überfiel, ist er entflohen und hat sich mit wildem Herzklopfen versteckt. Wie einen Minderjährigen, noch nicht Mannbaren, entsetzte ihn die Furcht vor Erfüllung der Mannbarkeit. Heute aber – er weiß es – heute hilft ihm keine Flucht mehr; denn er ist mannbar für Gott geworden.

Und die Stimme kommt genau in dem Augenblick, da er ihren Eintritt erwartet. Eine klare und sanfte Mannesstimme. Dunkelrund füllt sie die Kammer aus. Jeden Mauerritz, jede Holzscharte ist gleichzeitig und gleichmäßig voll von ihr. Doch wunderbarerweise hat die Stimme keine Stelle, von der ihre Schwingen ausgesendet werden. Sie entsteht und verbreitet sich allenthalben auf einmal. Der ganze Raum bringt sie hervor. Es ist, als sei sie immer dagewesen, verdunkelt nur vom allgemeinen Geräusch der tätigen Welt. Nun scheint dieses Allgeräusch zurückzutreten, wodurch die Stimme hervortritt. Doch auch Jirmijah ist ein Raum. Und auch ihn erfüllt das Allgeräusch, das sich jetzt zurückzieht und die Stimme freigibt. Sie erfüllt demnach nicht nur den äußeren Raum um Jirmijah, sondern auch den inneren Raum, der er selbst ist. Die Stimme spricht innen und außen zugleich. Ein doppelter Klang, der sich deckt. Und die Mannesstimme sagt sanft und klar: »Jirmejahu …« Nach einer Weile antwortet der Gerufene schweren Atems: »Hier bin ich …«

In dieser Antwort liegt noch ein letzter Rest von listiger Feigheit. Denn dieses »Hier bin ich« genügt nicht. Anders lautet die Formel, Gottes Stimme zu stellen und sie festzuhalten. Der Priester Eli hat sie dem Knabenpropheten Samuel anvertraut, diese Formel, und Baruchs Mund hat sie vorhin wiederholt, nicht ohne verborgene Ermächtigung. Jirmijah weiß genau, was er zu tun hat. Doch vielleicht geht es noch einmal vorüber. Es geht nicht vorüber an ihm. Wieder füllt sich der Raum, dessen auch er ein Teil ist, gleichzeitig und gleichmäßig mit der dunkelrunden Stimme, die spricht: »Jirmejahu!«

Überwunden und mit schwindender Furcht öffnet Jirmijah wie ein zaghaft Betender die Hände und sagt die Formel:

»Rede, Herr, dein Knecht hört.«

Nun umschreiten die Worte der Stimme fast körperhaft das Lager und versammeln sich am Kopfende. Denn nicht mehr gleichzeitig und gleichmäßig ist auf einmal das raunende Erlauten, sondern es scheint um Jirmijahs Haupt an Dichtigkeit zuzunehmen:

»Ich habe dich gekannt, eh ich im Leib deiner Mutter dich schuf –
Ich habe dich ausgesondert, noch ehe sie dich gebar –
Ich habe als Künder dich unter die Völker gestellt –«

Innen und außen, wie ein sich deckender Gleichklang, ertönt das dreimal unabänderliche »Ich habe«. Fremd, nicht zu fassen fremd ist die Botschaft, die es bringt. Nie hat Jirmijah in seiner verborgensten Verborgenheit geahnt, daß er zum Werkzeug eines göttlichen Vorhabens bestimmt sein könne, daß er, Hilkijahs und Abis schüchterner Sohn, ein Mensch wie viele andere, vor seiner Geburt schon so viel Zukunft zu tragen hatte. Zwar, daß irgend etwas mit jenen unfertigen Gesichten und Rufen seit seinem dreizehnten Lebensjahr gemeint und gewollt sei, das war weder für ihn noch für Baruch, den Ahnungsvollen, ein Geheimnis. Doch was bedeutet das Wort: »Ein Künder unter den Völkern?« Welche Völker? Die großen Völker? Assur, Babel, Ägypten? Und er? Wer war er? Ein Scheuer, der die Menschen fürchtete, der sich stets nach Einsamkeit sehnte, ein Untätiger, der jeglichen Streit floh. Wenn Jirmijah auch in dieser großen Stunde, gelähmt, fast ohne Atem und Puls, eingeklammert von solchem Geschehen, dasitzt, so hat sein Geist nicht die geringste Spur von Wachheit, Umsicht und Spannkraft eingebüßt. Noch sucht er nach Auswegen, nach Aufschub und Gnadenfrist. Mit vollem Wissen um die Unzulänglichkeit seiner Begründung stammelt er im quengelnden Gebetslaut von Kindern:

»Herr, Herr, ich tauge nicht... Ich bin zu jung...«

Wie matt ist diese Ausflucht für einen Aufgerufenen, der älter als zwanzig Jahre ist. Die ungerührte Antwort der Stimme erfolgt jetzt kaum mehr im äußeren Raume. Sie scheint sich ganz in Jirmijahs Innenraum zurückgezogen zu haben:

»Sage nicht, ich bin zu jung. Sondern gürte die Lenden und geh!«

In der kurzen Spanne Zeit zwischen seinem ersten »Rede. Herr, dein Knecht hört« und diesem Auftrag »Sondern gürte die Lenden und geh« ist Jirmijahs Mut mit unerklärlicher Raschheit gewachsen. Eine große Sicherheit kommt über ihn, als sei er im Umgang mit der Stimme schon alt und erfahren. Er gleitet vom Lager und sitzt nun am Bettrand. Das Mangelzweigicht des Erwachens weicht wie mit Neckerei ein wenig vor ihm zurück und verhüllt jetzt völlig den Ausschnitt des Fensters. Die Stimme aber weicht nicht zurück. Sie ist wie immer hier und dort, dem ausfüllenden Wasser in einem Gefäße gleich:

»Was siehst du?«

»Ich sehe erwachende Frühlingszweige.«

»Du hast recht gesehen... Mein Wort erwacht, daß ich's vollbringe.«

Jirmijah springt auf. Zu dem Mut seiner Seele tritt eine neue, schluchzende Begeisterung, Adonai festzuhalten, ihm anzugehören für immer. Mit brustzersprengender Dankbarkeit erkennt er: dies hier ist nicht Täuschung, nicht Traum, nicht Zauberei, sondern so nah und wahr und wirklich wie er selbst.

GEORG TRAKL

NACHTLIED

Des Unbewegten Odem. Ein Tiergesicht
Erstarrt vor Bläue, ihrer Heiligkeit.
Gewaltig ist das Schweigen im Stein;

Die Maske des nächtlichen Vogels. Sanfter Dreiklang
Verklingt in einem. Elai! dein Antlitz
Beugt sich sprachlos über bläuliche Wasser.

O! ihr stillen Spiegel der Wahrheit.
An des Einsamen elfenbeinerner Schläfe
Erscheint der Abglanz gefallener Engel.

GOTTFRIED BENN

VERLORENES ICH

Verlorenes Ich, zersprengt von Stratosphären,
Opfer des Ion –: Gamma-Strahlen-Lamm –
Teilchen und Feld –: Unendlichkeitschimären
auf deinem grauen Stein von Notre-Dame.

Die Tage gehn dir ohne Nacht und Morgen,
die Jahre halten ohne Schnee und Frucht
bedrohend das Unendliche verborgen –
die Welt als Flucht.

Wo endest du, wo lagerst du, wo breiten
sich deine Sphären an – Verlust, Gewinn –:
ein Spiel von Bestien: Ewigkeiten,
an ihren Gittern fliehst du hin.

Der Bestienblick: die Sterne als Kaldaunen,
der Dschungeltod als Seins- und Schöpfungsgrund.
Mensch, Völkerschlachten, Katalaunen
hinab den Bestienschlund.

Die Welt zerdacht. Und Raum und Zeiten
und was die Menschheit wob und wog,
Funktion nur von Unendlichkeiten –
die Mythe log.

Woher, wohin – nicht Nacht, nicht Morgen,
kein Evoë, kein Requiem,
du möchtest dir ein Stichwort borgen –
allein bei wem?

Ach, als sich alle einer Mitte neigten
und auch die Denker nur den Gott gedacht,
sie sich den Hirten und dem Lamm verzweigten,
wenn aus dem Kelch das Blut sie rein gemacht,

und alle rannen aus der einen Wunde,
brachen das Brot, das jeglicher genoß –
o ferne zwingende erfüllte Stunde,
die einst auch das verlorne Ich umschloß.

CATARINA CARSTEN

EINES NACHTS, EINES TAGS

Wenn du lange genug
im Dunkel gegangen bist,
blicklos, stimmlos und taub,
von Kindern und Tieren
gemieden,
ausgeliefert ans Nichts,
wenn Hoffnung
weniger ist als ein Wort,
naht Rettung.

Eines Nachts, eines Tags
fällt's dir wie Schuppen
von der Seele,
trifft dich ein Augen-Blick
mitten ins Herz,
sagt dir der erste
tiefe Atemzug
wortlos:
du lebst.

CHARLES DICKENS

EIN ITALIENISCHER TRAUM

Ich war einige Tage unterwegs gewesen; hatte sehr wenig des Nachts und gar nicht am Tage gerastet. Die schnelle und ununterbrochene Reihenfolge von neuen Eindrücken, die ich gehabt, wachte gleich halb verkörperten Träumen wieder auf, und ein Gedränge von Gegenständen irrte in der größten Verwirrung durch meine Seele, als ich auf einer einsamen Straße dahinreiste. Zuweilen hielt das eine oder andere Bild inne in seinem rastlosen Hin- und Herschweben und gestattete mir, es ganz ordentlich zu betrachten und mit vollkommener Deutlichkeit zu sehen. Nach einigen Minuten zerging es dann wieder vor den Augen wie das Bild einer Zauberlaterne, und während ich ein Stück davon ganz deutlich, ein anderes unbestimmt und wieder ein anderes gar nicht erblickte, ließ es mich einen anderen der vielen neuerdings geschauten Orte dahinter und durchschimmernd und immer deutlicher werdend sehen. Aber kaum war dies Bild ganz sichtbar geworden, so verschmolz es auch schon wieder zu einem anderen.

Einmal stand ich wieder vor den braunen alten Kirchen Mantuas. Wie ich die wunderlichen Pfeiler mit den greulichen Ungeheuern als Sockel erkannte, kam es mir vor, als sähe ich sie für sich stehen auf dem ruhigen Platz von Padua, wo die ehrwürdige alte Universität war und hie und da Gruppen von Gestalten in dunklen weiten Talaren wallten. Dann wieder streifte ich im Freien bei dieser lieben Stadt herum und bewunderte das ungewöhnlich schmucke Aussehen der Wohnhäuser, Blumen- und Obstgärten, wie ich sie vor wenigen Stunden gesehen hatte. Gleich darauf erschienen an ihrer Stelle die beiden Türme von Bologna, und der hartnäckigste dieser Gegenstände konnte keine Minute standhalten vor dem dräuenden, grabenumringten Schloß von Ferrara, das wie ein Bild zu einer schauerlichen Sage wieder hervortrat im Morgenrot, herrisch über der einsamen, grasbewachsenen, verfallenen Stadt hervorragend. Kurz, in meinem Geiste herrschte jener angenehme Wirrwarr, der bei Reisenden sehr häufig ist und den sie gern ruhig gewähren lassen. Jeder Stoß des Wagens, in dem ich halbschlummernd im Finstern saß, schien eine alte Erinnerung von ihrem Platz zu werfen und eine neue hinzustellen; und in diesem Zustand schlief ich ein.

Das Stillhalten des Wagens weckte mich nach einiger Zeit auf (so glaubte ich). Es war jetzt ganz Nacht, und wir befanden uns am Rande des Wassers. Hier lag ein schwarzes Boot mit einer kleinen Hütte von derselben Trauerfarbe darauf. Als ich darin Platz genommen, wurde das Boot von zwei Männern zu einem großen Licht, das weit hinaus auf dem Meere glänzte, gerudert.

Dann und wann vernahm man ein schauerliches Seufzen des Windes. Er kräuselte das Wasser und wiegte das Boot und jagte die dunklen Wolken an den Sternen vorüber. Ich konnte nicht umhin zu bemerken, wie seltsam es sei, zu so einer Stunde hinauszuschwimmen, das Land hinter sich lassend und nach jenem Licht auf dem Meer steuernd. Bald fing es an, heller zu brennen; und aus einem Lichte wurde jetzt eine ganze Schar von Kerzen, die aus dem Wasser hervorfunkelten und schimmerten, wie sich das Boot ihnen auf einem traumhaften Pfad, bezeichnet mit Pfählen, näherte.

Wohl eine Meile waren wir so über das Wasser geschwommen, als ich es in meinem Traum gegen ein Hindernis in nächster Nähe rauschen hörte. Wie ich forschend hinaussah, erblickte ich durch das Dunkel etwas Schwarzes, Körperhaftes – wie ein Ufer, aber flach auf dem Wasser liegend wie ein Floß –, an dem wir vorüberglitten. Der Oberste der beiden Ruderer sagte, es sei ein Totenacker.

Erfüllt von der staunenden Aufmerksamkeit, die ein Friedhof hier draußen auf dem einsamen Meer erregen mußte, wandte ich mich zurück, um ihn zu betrachten, als er schnell unsern Blicken entrückt war. Ehe ich wußte, wie oder wodurch, entdeckte ich, daß wir durch eine Straße glitten – eine gespenstische Straße; zu beiden Seiten stiegen die Häuser aus dem Wasser, und das schwarze Boot glitt unter ihren Fenstern dahin. In einigen dieser Fenster glänzten Lichter, die die schwarze Flut mit dem Widerschein ihrer Strahlen besternten; überall aber tiefes Schweigen.

So gelangten wir weiter in die geisterhafte Stadt,

immerfort durch enge Straßen und Gassen, alle mit strömendem Wasser angefüllt. Manchmal waren die Ecken, die wir zu umfahren hatten, so spitz und die Gäßchen so eng, daß es dem langen schmalen Boot fast unmöglich schien, hier zu wenden; aber mit einem leisen melodischen Warnungsruf ließen es die Ruderer ohne Pause weitergleiten. Zuweilen beantworteten die Ruderer eines andern schwarzen Bootes den Ruf und, ihre Schnelligkeit hemmend (was, glaubte ich, wir auch taten), schwebten sie an uns vorüber wie ein dunkler Schatten. Andere Boote, von derselben Trauerfarbe, lagen angekettet an bemalten Pfeilern in der Nähe dunkler, geheimnisvoller Tore, die unmittelbar aufs Wasser hinausgingen. Einige dieser Boote waren leer; in andern hatten sich die Ruderer zum Schlafen ausgestreckt; zu einem sah ich einige Gestalten durch einen finsteren Torweg aus dem Innern eines Palastes gehen – in festliche Tracht gekleidet und begleitet von Fackelträgern. Nur einen flüchtigen Anblick hatte ich von ihnen, denn eine Brücke, die so tief auf das Boot herabhing, als wollte sie auf uns herabfallen und uns zerschmettern – eine von den vielen Brücken, die durch diesen Traum spukten –, verdeckte sie sogleich wieder. Weiter fuhren wir, dem Herzen dieser wunderbaren Stadt entgegen – ringsum Wasser, wo man sonst kein Wasser sieht –, Gruppen von Häusern, Kirchen, Prachtgebäuden, mitten aus der Flut steigend – und überall dasselbe seltsame Schweigen. Jetzt schossen wir über einen breiten und offenen Strom, dann, wie mir träumte, an einem geräumigen gepflasterten Kai vorbei, wo die hellen Lampen, mit denen er erleuchtet war, lange Reihen von Bogen und Pfeilern von schwerer Masse und großer Stärke, aber doch dem Auge so leicht erscheinend wie Girlanden von Reif oder Sonnenfäden, zeigten – und wo ich zum erstenmal Menschen gehen sah –, und wir kamen an einer Treppe an, die vom Wasser hinauf zu einem großen Hause führte, wo ich mich, nachdem ich durch unzählige Korridore und Galerien gegangen war, zur Ruhe legte und die schwarzen Boote unter meinem Fenster über das leise plätschernde Wasser hin und her gleiten hörte, bis ich einschlief.

Den prächtigen Tag, der mich in jenem Traum erweckte, seine Frische, seine Bewegung, seine Wonnigkeit, das Funkeln der Sonne auf dem Wasser, den klaren blauen Himmel und die kühle Luft – das alles können die Worte eines Wachenden nicht beschreiben. Aber von meinem Fenster aus sah ich auf Boote und Barken hinab; auf Masten, Segel, Tauwerk und Flaggen; auf Gruppen von rührigen Matrosen, beschäftigt mit der Ladung jener Fahrzeuge; auf geräumige Kais voll von Ballen, Fässern, Waren aller Art; auf große Schiffe, unfern von mir in stolzer Ruhe ankernd; auf Inseln, mit prächtigen Kuppeln und Türmen gekrönt, wo in der Sonne goldene Kreuze schimmerten, hoch oben auf wunderbaren Kirchen, die aus dem Meere emporstiegen! Dann als ich hinabging an den Rand des grünen Meeres, das vor der Türe floß und alle Straßen erfüllte, gelangte ich auf einen Platz von so wunderbarer Schönheit und Großartigkeit, daß er alles andere im Vergleich mit seiner überwältigenden Anmut armselig und alltäglich erscheinen ließ.

Es war eine große Piazza, träumte mir, wie alles übrige im tiefen Meer ankernd. Auf seiner geräumigen Fläche stand ein Palast, majestätischer und prächtiger in seinem greisen Alter als alle Gebäude der Erde in der Kraft und Blüte ihrer Jugend. Klöster und Galerien, so zierlich leicht, als wären sie das Werk von Elfen, so fest, daß Jahrhunderte vergebens sie bestürmt hatten, umgaben rings diesen Palast und schlossen eine Kirche ein, die in der ganzen üppigen Phantastik des Orients prunkte. Nicht weit von ihrer Pforte reckte ein einzeln stehender Turm sein stolzes Haupt empor in den Himmel und schaute auf das Adriatische Meer hinaus. Nahe am Rande des Wassers standen – reich an bösen Erinnerungen – zwei Säulen von rotem Granit; auf dem Gipfel der einen eine Gestalt mit Schwert und Schild, auf der andern ein geflügelter Löwe. Nicht weit von diesen trug ein zweiter Turm – in seinem Schmuck der reichste der reichen, selbst hier, wo alles reich war – auf seiner Spitze eine große Kugel, goldig und tiefblau glänzend; die zwölf Himmelszeichen waren darauf gemalt, und um sie drehte sich eine Sonne, während darüber zwei eherne Riesen die Stunden auf einer tönenden Glocke anschlugen. Ein längliches Viereck hoher Häuser vom weißesten Marmor, umgeben von einer leichten, schönen Arkade, bildete einen Teil des bezaubernden Schauspiels, und hie und da stiegen buntbemalte schlanke Flaggenmasten aus dem immer wechselnden Boden.

Mir träumte, ich träte in den Dom und wanderte durch seine vielen Bogengänge von einem Ende seines Raumes bis zum andern. Ein großartiger, traumhafter Bau von ungeheueren Dimensionen; golden von alten

Mosaiken, duftend von Wohlgerüchen, verdüstert von den Wolken des Weihrauchs, reich an Schätzen von kostbaren Steinen und Metallen, die durch eiserne Gitter strahlen, geheiligt mit den Reliquien verstorbener Heiligen, regenbogenfarbig von gemalten Glasfenstern, dunkel von geschnitztem Holz und buntem Marmor, düster oben in seinen Höhen und weiten Fernen, schimmernd mit Silberlampen und flackernden Kerzen, überirdisch, phantastisch, feierlich, unbegreiflich durch und durch. Mir träumte, ich träte in den alten Palast und wandelte durch verödete Gänge und Ratszimmer, wo die alten Regenten dieser Herrscherin der Meere finster von den Wänden herabblickten und wo ihre Galeeren, noch immer siegreich auf der Leinwand, kämpften wie ehemals. Mir träumte, ich wandelte durch die Prunkhallen – jetzt kahl und leer! –, und wie ich über der Stadt alten Glanz und alte Macht, die jetzt verschwunden, nachdachte, da hörte ich eine Stimme sagen: »Einige Wahrzeichen ihrer alten Herrschaft und einige tröstende Gründe für ihren Sturz kann man hier noch sehen!«

Mir träumte dann, ich würde in ein paar unheimliche Gemächer geführt, die mit einem Gefängnis neben dem Palast in Verbindung standen – in Verbindung durch eine hoch über einer Straße sich wölbende Brücke, die man, träumte mir, die Seufzerbrücke nannte.

Aber zuerst kam ich an zwei zackigen Spalten in einer steinernen Mauer vorüber, dem Löwenrachen – jetzt zahnlos –, wo, glaubte ich im Fieberspuk meines Traumes, voreinst viele Anklagen Unschuldiger, wenn finstere Nacht war, hineingeworfen wurden. Wie ich dann das Zimmer sah, wohin Gefangene zum Verhör gebracht wurden, und die Tür, zu der sie hinausgingen, wenn sie verurteilt waren – eine Tür, die sich nie hinter einem Menschen schloß, der noch Leben und Hoffnung vor sich hatte –, da war es mir, als sollte mir das Herz im Leibe erstarren.

Aber noch tiefer wurde es getroffen, als ich mit der Fackel in der Hand aus dem heitern Tag hinab in zwei Reihen schauerlicher Steinzellen stieg. Sie waren ganz finster. In der dicken Mauer einer jeden war ein Loch, wo man einst – träumte mir – alltäglich eine Fackel hineinsteckte, um dem Gefangenen für eine halbe Stunde zu leuchten. Beim Schimmer dieses kärglichen gespendeten Lichtes hatten die Eingekerkerten Inschriften in die geschwärzten Gewölbe gekritzelt und gegraben. Ich sah sie. Denn ihr Mühen mit einem rostigen Nagel hatte ihre Qual und sie durch viele Geschlechter überlebt.

Eine Zelle sah ich, wo kein Mensch länger als vierundzwanzig Stunden blieb; denn er war dem Tode verfallen, wenn er hier eintrat. Gleich daneben eine andere, wohin um Mitternacht ein Beichtiger kam – ein Mönch in brauner Kutte und verhüllender Kapuze –, grauenhaft schon bei Tage und in der hellen Sonne, aber in der tiefen Nacht dieses Kerkers der Vernichter der Hoffnung und der Herold des Todes. Ich stand auf der Stelle, wo um dieselbe schauerliche Stunde der Gefangene – nachdem er gebeichtet – erdrosselt wurde, und legte meine Hand auf die niedrig überwölbte Pforte, durch welche der schwerfällige Sack in ein Boot getragen, fortgerudert und dort versenkt wurde, wo ein

Netz zu werfen ein todeswürdiges Verbrechen war.

Um diese Kerkerfeste und über einem Teil derselben – außen die rauhen Wände bespülend, innen sie mit Schleim und Moder überziehend, abgerissene Wasserpflanzen und allerlei Abfall in Spalten und Ritzen stopfend, als müßte auch den Steinen und Riegeln der Mund gestopft werden: ein stets bereiter, glatter Weg, um die Leichen der geheimen Opfer des Staates fortzuschaffen, ein so bereitwilliger Weg, daß er mit ihnen ging und vor ihnen herlief wie ein grausamer Beamter – floß dasselbe Wasser, welches diesen Traum erfüllte und es selbst damals als einen erscheinen machte.

Als ich vom Palast eine Treppe hinabstieg – die Riesentreppe, glaube ich, genannt –, überkam mich eine traumhafte Erinnerung eines abdankenden Greises, der immer lansamer und schwächer hinabging, als er die die Einsetzung seines Nachfolgers verkündende Glocke läuten hörte. In einer der schwarzen Barken glitt ich weiter, bis wir zu einem alten Arsenal kamen, bewacht von vier marmornen Löwen. Um meinen Traum noch wunderbarer und unwahrscheinlicher zu machen, zeigte einer derselben auf seinem Leib Worte und Sätze, die zu unbekannter Zeit und in unbekannter Sprache, so daß ihre Bedeutung allen Menschen ein Geheimnis war, dort eingegraben worden waren.

Man vernahm wenig Hämmergepoch in dieser Werft und sah nur wenig Arbeit im Werke: denn die Größe der Stadt war nicht mehr, wie ich bereits gesagt habe. Ja, sie erschien wie ein Wrack, das man treibend auf dem Meer gefunden hat; eine fremde Flagge weht über ihm, und Fremde stehen an seinem Steuer. Eine prächtige Barke, in der ehemals das Oberhaupt mit Prunk hinausgefahren war, um sich mit dem Meer zu vermählen, war, träumte ich, nicht mehr vorhanden; aber an seiner Stelle ein zierliches Modell nach der Erinnerung wie die Größe der Stadt; und es sprach von dem, was gewesen (so vermischt sich Starkes und Schwaches im Staube) fast so beredt wie die gewaltigen Pfeiler, Bogen und Dächer, gebaut, um stattliche Schiffe zu überschatten, von denen kein Schatten mehr auf Erden noch auf dem Wasser übrig war.

Ein Zeughaus war noch da, geplündert und beraubt, aber ein Zeughaus. Eine blutrote, den Türken entrissene Fahne trauerte in der dumpfen Luft ihres Kerkers. Reichverzierte Harnische großer Krieger waren dort aufbewahrt; Armbrüste und Bolzen, Köcher und Pfeile, Speere, Schwerter, Dolche, Streitkolben, Schilder und schwere Äxte; Platten von geschmiedetem Stahl; Eisen, um das edle Roß zu einem mit metallenen Schuppen bedeckten Ungeheuer zu machen, und eine Waffe mit kunstreichen Federn (man konnte sie bequem in der Brust tragen), bestimmt, ihr Werk geräuschlos zu tun und Menschen mit vergifteten Pfeilen zu töten.

Einen Schrank sah ich voll fluchbeladener Marterwerkzeuge: entsetzlich ersonnen, um zu foltern und des Menschen Knochen zu zerquetschen und zu zerbrechen und sie mit allen Qualen eines tausendfachen Todes zu zerreißen und zu verrenken. Davor standen zwei eiserne Helme mit Bruststücken, eingerichtet, um sich fest und knapp um das Haupt lebender Opfer zu schließen, und an jedem befand sich ein kleiner Vorsprung, auf den der Folternde sich bequem mit dem Ellbogen stützen und dem Jammern und den Bekenntnissen des Unglücklichen im Helme lauschen konnte. So ähnlich menschlicher Gestalt starrten ihre Züge, so von Schmerz durchkrampft war ihr künstliches Antlitz, daß es einem schwer wurde, sie sich leer zu denken; und schreckliche in ihnen spukende Gesichter schienen mir zu folgen, als ich wieder das Boot bestieg und nach einer Art Garten oder Promenade in dem Meer fuhr, wo Gras und Bäume waren. Aber ich vergaß sie, wie ich am äußersten Ende der Insel stand – ich stand dort in meinem Traum – und über die kräuselnden Wellen in die untergehende Sonne blickte: vor mir am Himmel und über der Tiefe eine purpurne Glut, und hinter mir die ganze Stadt, auf dem Wasser sich in goldene und purpurne Streifen auflösend.

Im Hochgenuß der Wunder eines so köstlichen Traumes achtete ich nur wenig der Zeit und merkte ihr Verstreichen kaum. Aber er hatte Tage und Nächte; und wenn die Sonne hoch stand und wenn die Strahlen der Laternen auf dem fließendem Wasser glitzerten, fuhr ich immer noch – träumte mir –, und die Wellen spülten und plätscherten an den schlüpfrigen Mauern und Häusern, wenn meine schwarze Barke durch die Straßen schwamm.

Zuweilen stieg ich an der Pforte von Kirchen und großen Palästen aus und wanderte durch Gemächer und Kreuzgänge, durch Labyrinthe reicher Altäre und alter Denkmäler, durch verfallene Zimmer, wo der Hausrat, halb schauerlich und halb grotesk, dem Untergang entgegenmoderte. Gemälde waren da von solcher Schönheit und solchem Ausdruck, von so viel Leidenschaft, Wahrheit und so mächtigem Eindruck, daß sie wie lauter jugendliche und frische Wirklichkeiten in einem Heer von Gespenstern aussahen. Ich träumte sie mir oft zusammen mit den alten Tagen der Stadt, mit ihren Schönheiten, Tyrannen, Kriegern, Patrioten, Kaufleuten, Hofleuten, Priestern, ja selbst mit ihren Steinen, Ziegeln und öffentlichen Plätzen – und alles dieses lebte wieder vor mir an den Wänden. Dann schritt ich eine marmorne Treppe hinab, wo das Wasser gegen die untersten Stufen plätscherte, stieg wieder in mein Boot und träumte meinen Traum fort.

Enge Gassen ging es hinab, wo Zimmerleute, die mit Hobel und Stemmeisen in ihren Werkstätten arbeiteten, die leichten Späne unmittelbar ins Wasser warfen, wo sie wie Seekraut lagen und in verwirrtem Haufen vor mir her schwammen. Vorbei an offenstehenden Türen, zerfallen und verfault in der Feuchtigkeit, und dahinter hellgrün und glänzend ein kleiner Rebstock, der mit seinen zitternden Blättern ungewohnte Schatten auf den Fußboden zeichnete. Vorbei an Kais und Terrassen, wo anmutig verschleierte Damen vorübergingen und Herumlungerer in der Sonne auf Steinplatten und Treppen ruhten. Unter Brücken hindurch, wo auch Leute untätig standen und in das Wasser hinabsahen. Unter steinernen Söllern vorbei, die in schwindelnder Höhe vor den höchsten Fenstern der höchsten Häuser hingen. Vorbei an Gärten, Theatern, Heiligennischen, wunderbaren Gebäudemassen – gotisch – maurisch – phantastisch geschmückt mit den Phantasien aller Zeiten und Völker. An Gebäuden vorbei, die hoch waren und niedrig, schwarz und weiß, gerade und krumm, ärmlich und großartig, gebrechlich und fest. Langsam durch einen wirren Haufen von Booten und Barken, und endlich in den großen Kanal hinein! Da sah ich im launischen Wechsel meines Traums den alten Shylock hin und her gehen auf der Brücke, die ganz bebaut war mit Läden und laut vom Gesumm vieler Menschenzungen, und eine Frauengestalt – mein Traum sagte mir, es sei Desdemona – beugte sich aus einem Gitterfenster, um eine Blume zu pflücken. Und im Traum glaubte ich, Shakespeares Geist müßte hier irgendwo über dem Wasser schweben und durch die Stadt irren.

Nachts, wenn zwei Votivlampen vor einer Madonna in einer Galerie dicht unter dem Dach des großen Domes brannten, träumte mir, die große Piazza des geflügelten Löwen sei erhellt von heiterem Licht und die Arkaden seien gedrängt voll von Menschen, während ganze Scharen sich in den prächtigen Kaffeehäusern am Platze – die nie geschlossen wurden, sondern die ganze Nacht geöffnet blieben – unterhielten. Wenn die ehernen Riesen Mitternacht an der Glocke anschlugen, da, träumte mir, sei hier alles Leben und aller Verkehr der Stadt vereinigt; und wie ich längs der öden Kais wieder wegruderte, sah ich dort nur einzelne schlafende Gondoliere, die sich in ihre Mäntel gehüllt hatten und ausgestreckt auf dem steinernen Fußboden lagen.

Aber dicht bei den Kais und Kirchen, Palästen und Kerkern, an den Mauern nagend und in die geheimen Winkel der Stadt schleichend, wogte das Wasser; geräuschlos und lauernd, mit seinen vielen Ringen sich rundumschlingend wie eine alte Schlange, der Zeit harrend, träumte mir, wo die Menschen in seinen Tiefen nach einem einzigen Stein der alten Stadt, die einst seine Herrscherin sein wollte, suchen würden.

So trug mich das Wasser dahin, bis ich auf dem alten Marktplatz von Verona erwachte. Viele, viele Male habe ich seitdem wieder an diesen wunderbaren Traum auf dem Wasser gedacht, und ich habe mich halbverwundert gefragt, ob er noch dort liege und ob sein Name *Venedig* sei.

LUDWIG STRAUSS

SCHLAFLOSE STUNDE

Im Eingang meines Zeltes steht
Der Kegel, der aus dunklem Land
Zu dunklem Himmel sich erbaut.
Im Eingang meines Zeltes steht
Die Nacht.

Aus dunklem Traume aufgetaucht
Ich lieg und rühre keine Hand.
Ich warte, und kein Lüftchen haucht,
Und wartend steht und ohne Laut
Die Nacht.

Ein Hauch erschwebt, ein Hauch verweht.
Zum Schweigen sind wir aufgewacht.
Verhaltner Atem nah und fern.
Im Eingang meines Zeltes steht
Ein Stern.

HERBERT ROSENDORFER

EINE BEGEGNUNG IM PARK

Alles ist relativ. Nach einer Aufführung des »Parsifal« im Festspielhaus erscheint der Park hinter dem Schloß besonders ruhig, obwohl da und so spät noch eine Menge Geräusche zu hören sind: das Gurgeln des Wassers, das Schnattern einer verschlafenen Ente, das Rauschen der hohen Bäume im leichten Sommerwind und hie und da Schritte auf dem Kies im Dunkeln. Die Schritte wurden allerdings zunehmend seltener. Ich war schon allein im Park, als ein Mann neben meiner Bank stand, offenbar unschlüssig, ob er mich ansprechen sollte oder nicht.

»Kein Platz in keinem Gasthaus«, sagte er dann endlich, ziemlich beiläufig, nachdem er schon zu lange vor der Bank, auf der ich saß, gestanden war, um noch ohne ein Wort weiterzugehen. Er sprach mit österreichischem Akzent.

Ich rückte auf meiner Bank etwas zur Seite, um anzudeuten, daß es mir nicht unangenehm sei, wenn er sich setze.

»Kein einziger Stuhl frei, in ganz Bayreuth nicht«, sagte er und setzte sich. Er war, wie man so sagt, untersetzt und ein klein wenig füllig – deutlich körperhaft, um höflich zu bleiben. Ein Schwan zog auf dem leicht bewegten Wasser vorbei, kostbar weiß im Mondlicht, und schaukelte auf den kleinen Wellen wie die welken Blätter, die auf dem Wasser lagen.

»Jaja«, sagte ich, »das ist hier so zur Festspielzeit. Ich habe schon Knappertsbusch in der ›Eule‹ mit einem umgedrehten Kübel als Sitzgelegenheit vorliebnehmen sehen.«

»Wen, bitte?« fragte er.

»Knappertsbusch.«

»Ah, so.« Ich hatte den Eindruck, er kannte Knappertsbusch nicht.

»Sie sind zum ersten Mal in Bayreuth?« fragte ich nach einer Weile.

»Ja«, sagte er. »Er ist schon sehr ein eigenartiger Eindruck.«

»Das kann man wohl sagen.«

»Ich möcht ja nicht unbedingt etwas sagen, ich weiß nicht, ob ich legitimiert dafür bin, aber es war schon ein eher sehr merkwürdiger Eindruck für mich.«

»Sie sind kein Wagnerianer?«

»Kein was nicht?«

»Wagnerianer – einer von den Anhängern Wagners…«

»Wagner«, sagte er, »das ist der, der die Oper von heut abend geschrieben hat?«

Ich staunte den Mann an. Er war jung, so Mitte dreißig, hatte eine ziemlich große Nase, und diese Nase kam mir igendwie bekannt vor. Irgendwo, da war ich ganz sicher, hatte ich diese Nase schon gesehen. Eine verwischte Assoziation, so verwischt, daß ich sie nicht fassen konnte, huschte in meinem Gedächtnis ganz hinten vorüber ... Leibhaftig hatte ich dem Mann aber sicherlich nie gegenüber gesessen.

»Ja«, sagte ich etwas verwirrt, »natürlich – Richard Wagner.«

»Und da gibt es«, sagte er, »auch Wagnerianer?«

Ich lachte. »Leben Sie hinter dem Mond?«

Er schaute mich ernst an. Nein, ich lasse es mir nicht nehmen, dachte ich, dieses Gesicht kenne ich.

»Ja«, sagte er langsam, »ja, ich lebe hinter dem Mond, wenn man so sagen will«.

»Verzeihen Sie meine Bemerkung – ich wollte Sie nicht kränken. Ich wußte nicht, daß Sie von so weit her kommen.«

»Ich komme von weit her, das stimmt«, sagte er, »deswegen ist das alles so merkwürdig für mich.«

Er ist ein emigrierter Österreicher, dachte ich, wahrscheinlich 1938 als Kind mit seinen Eltern vor den Nazis geflohen, nach Australien vielleicht oder Neuseeland. Aber woher kenne ich dann sein Gesicht?

»Sind die Leute«, sagte er, »eigentlich glücklich, wenn sie das hören, diese Oper heute abend? Ich möchte nicht unhöflich sein, wissen Sie, ich sage nichts dagegen, es steht mir ja gar nicht zu, und es interessiert mich nur – aus Profession ...«

»Sie sind Musiker?«

»Sind die Leute glücklich dabei? Hören Sie das gern?«

Meine Frage, ob er Musiker sei, hatte er absichtlich

überhört. Was war der Mann? Der Mond war zwischen zwei Ästen durchgekommen und beleuchtete unsere Bank. Der Mann war jung und uralt zugleich. Unsinn – vielleicht war er nur müde ... Kein Wunder nach dem ›Parsifal‹, und im Mondlicht sieht ohnedies jeder bleich aus.

»Eine eigenartige Frage«, sagte ich. »Sicher – im gewissen Sinn sind die Menschen glücklich, wenn sie das hören. Es ist eine ganz andere Art von Glück als jenes, das man vielleicht bei Beethoven empfindet –«

»Bei wem?«

»Bei *Beethoven*«, war er schwerhörig?

»Ah –«, sagte er, »ja, ja, Beethoven ... richtig, warten Sie, Louis von Beethoven.«

Ich lachte.

»Warum lachen Sie?« sagte er.

»Weil Sie Louis von Beethoven sagen.«

»Heißt er nicht so?«

»Naja«, sagte ich, »allgemein sagt man Ludwig van Beethoven – aber mag sein, er hat sich Louis genannt.«

»Was ist aus ihm geworden?«

»Wie bitte?«

»Er ist wohl ein sehr berühmter Komponist geworden?«

In Bayreuth gibt es – nahe dem Festspielhaus – die große Nervenheilanstalt des Regierungsbezirks Oberfranken. Ich rückte etwas von dem Mann ab. Haben die Insassen so spät noch Ausgang? War der Mann entsprungen?

»Ein sehr berühmter Komponist«, sagte ich vorsichtig, »voriges Jahr, zu seinem 200. Geburtstag, konnte man sich gar nicht genug tun mit Beethoven-Büchern und Beethoven-Feiern ...«

»200. Geburtstag?« fragte er.

»Ja doch«, sagte ich.

»Wie die Zeit vergeht ...«

Der Mann trug einen Smoking, einen recht elegant geschnittenen Smoking, aber er wirkte irgendwie verkleidet. Wenn ein konservativer Indianer einen Smoking trüge, sähe das wohl so aus. Der Smoking war dem Mann ›verpaßt‹ wie eine militärische Uniform. Er fühlte sich in der Kleidung auch sichtlich nicht wohl, suchte Taschen, wo keine waren, knöpfte überall herum und zupfte an allen Enden. Ob die Irren, die ungefährlichen, sanfteren, mit anstaltseigenen Smokings hie und da eine Festspielaufführung besuchen dürfen? Vielleicht auf Grund einer Stiftung eines Wagner-Vereins (oder eines Anti-Wagner-Vereins?).

»Ich war überwältigt von der Präzision, mit der das Stück exekutiert worden ist.«, sagte er. »Ich habe das Orchester zwar nicht gesehen, aber die Banda, soviel ich im Hören gezählt habe, waren mindestens vier Corni, drei Trompeten und vier Trombonen, ungezählt die von der Bühnenmusik – und so exakt – beneidenswert.«

»Ja«, sagte ich, »das Orchester ist gut.«

»Nur sehr lang ist das Stück«, sagte er, »sehr lang.«

»Es hat Ihnen also nicht gefallen?«

»Mir steht nicht zu, etwas darüber zu sagen; mich würde nur interessieren: sind die Menschen glücklich, wenn sie das hören?«

»Sie wären – bis auf wenige – sicher unglücklich,

wenn sie *nur* das hören könnten.«

»Man hört auch anderes?«

»Aber doch freilich – allerdings nicht hier.«

»Hier hört man nur Wagner?«

»Ja. Nur Wagner.«

»Warum?«

»Das Festspielhaus wurde von Wagner für seine Bühnenwerke gebaut. Das hat man beibehalten –«

»Woanders wird Wagners Musik nicht gespielt?«

»Doch, doch –«

»Gibt es für alle Compositeurs solche Häuser?«

»Wie bitte? Ach so – nein, nein. Komische Fragen stellen Sie –«

»Ich weiß, entschuldigen Sie –«, er spielte interessiert mit seinen Manschettenknöpfen, knöpfte sie heraus und brachte sie nicht wieder hinein.

»Nein, für andere Compositeurs, wie Sie sagen, gibt es keine solchen Häuser.«

»Warum nicht?«

»Die haben keine Zeit oder kein Geld gehabt, solche Häuser zu bauen.«

»Und ihre Musik wird dann wohl nicht so oft gespielt, wie die von Wagner?«

»Das kann man nicht einmal sagen –«

»Tatsächlich?«

»Gewiß – zum Beispiel Beethoven, wie gesagt, den hat man voriges Jahr fast zu oft gehört; auch Bach –«

»Wirklich? Bach? Das freut mich –«

»Ja«, sagte ich, »die ›Matthäus-Passion‹« wird sicher zehnmal so häufig aufgeführt wie der ›Parsifal‹.«

»Bach hat eine ›Matthäus-Passion‹ geschrieben?«

»Entschuldigen Sie«, sagte ich, »ich weiß nicht –«

»Ich kannte die ›Sonaten und Rondos für Kenner und Liebhaber‹, und ›Herrn Professor Gellerts Geistliche Oden und Lieder‹ –«

»Ah! Sie meinen Carl Philipp Emanuel Bach –«

»Ja, aus Berlin –«

»Ich meine Johann Sebastian –«

»Den *alten* Bach?«

»Natürlich. Bach ohne Vornamen ist Johann Sebastian.«

»Interessant. Den kennt man noch?«

»Und wie!«

»Sagen Sie«, er schabte mit seinem Fuß im Kies, »kennt man – auch – einen Compositeur – namens ...«

»Wissen Sie«, sagte er dann ganz schnell, »es steht mir natürlich nicht zu, etwas darüber zu sagen, aber am Anfang dieser Oper ist es mir akkurat so vorgekommen, als wäre alles, das Riesenorchester und die Sänger, die so furchtbar schreien, und der Chor und diese Finsternis auf der Bühne ein einziges Durcheinander. Es hat so schrecklich falsch geklungen; aber wenn man genau hinhört, merkt man doch, daß es Absicht ist, und hie und da hörte ich – verzeihen Sie, ich sollte das wohl überhaupt nicht sagen – quasi eine Insel aus einer mir bekannten Tonwelt ... ich weiß nicht, wie ich das sagen soll. Es ist mir so fremd. Und diese Inseln sind, entschuldigens', banal. Aber großartig ist wohl das andere, das ich nicht verstanden habe –«

Der kriegt vom Wagner-Verein mit Sicherheit keine Karte mehr, dachte ich mir, wenn er das in der Anstalt auch seinen Gönnern erzählt.

»Ja nun«, sagte ich, »man kann gegen Wagner natürlich viel sagen –«

»Ich will nichts gegen den Herrn sagen, steht mir nicht zu; wird wohl so gehören die Musik. Nur: die Oper ist schon unmäßig lang.«

»Wagner hat sie nicht als zu lang empfunden.«

»Ob Compositeurs, ob Schreiber und Auteurs, sie halten sich merkwürdigerweise immer was drauf zugute, ihrem Publico an Länge Unheimliches zuzumuten. Komisch – als ob es heldenhaft wäre, eine Oper von sechs Stunden zu schreiben. Höchstens ist es heldenmäßig, eine solche Oper anzuhören.«

»Aber wenn der Meister eben diese Zeit brauchte, das auszudrücken, was ihm vorschwebt –«

»Wenn ihm was Sechsstündiges vorschwebt, soll er's gefälligst nicht fürs Theater schreiben.«

Wie so ein Narr redet, dachte ich mir und schaute in die Bäume hinaus. Nach einer Weile sagte ich:

»Ich glaube –«

Er war verschwunden. Ich schaute herum. Wo der kleine Seitenweg, an dem meine Bank stand, zwischen hohen Büschen in den Hauptweg mündete, sah ich ihn stehen. Ein unheimlicher Mensch, dachte ich, ob man die Polizei verständigen sollte? Er stand dort und winkte mir. Ich lief hin. Nach einigen Schritten sah ich, daß das nicht der Mann, sondern eine von der Bank aus merkwürdig menschenähnliche Konstellation zweier Hecken war. Ein Nachtvogel hatte sich auf einen Ast gesetzt, der mir immer noch winkte ...

Alles war verstummt. Auch der leichte Sommerwind hatte sich gelegt, und die Bäume rauschten nicht mehr.

Da hörte ich auf einmal ganz deutlich, wie Musik erklang. Das war nicht ›Parsifal‹, das war – ich hörte hin – ja, das war es: »Voi, che sapete che cosa è amor ...« Es hätte mich nicht gewundert, wenn eine der steinernen Nymphen auf der Insel im Park das gesungen hätte. Die Musik kam aber aus einem der erleuchteten Fenster des Freimaurer-Museums, das direkt am Park steht.

»Donne vedete, s'io l'ho nel cor ...«

Ich ging langsam aus dem Park. Die Musik begleitete mich wie ein flatterndes Band.

MATTHIAS CLAUDIUS

DIE STERNSEHERIN LISE

Ich sehe oft um Mitternacht,
Wenn ich mein Werk getan
Und niemand mehr im Hause wacht,
Die Stern' am Himmel an.

Sie gehn da, hin und her zerstreut,
Als Lämmer auf der Flur,
In Rudeln auch und aufgereiht
Wie Perlen an der Schnur.

Und funkeln alle weit und breit
Und funkeln rein und schön;
Ich seh' die große Herrlichkeit
Und kann mich satt nicht sehn...

Dann saget unterm Himmelszelt
Mein Herz mir in der Brust:
»Es gibt was Bessers in der Welt
Als all ihr Schmerz und Lust.«

Ich werf' mich auf mein Lager hin
Und liege lange wach
Und suche es in meinem Sinn;
Und sehne mich darnach.

GERHARD TERSTEEGEN

ANDACHT BEI NÄCHTLICHEM WACHEN

Nun schläfet man,
Und wer nicht schlafen kann,
Der bete mit mir an
Den großen Namen,
Dem Tag und Nacht
Wird von der Himmels-Wacht
Preis, Lob und Ehr gebracht:
O Jesu! Amen!

Weg, Phantasie!
Mein Herr und Gott ist hie.
Du schläfst, mein Wächter, nie:
Dir will ich wachen.

Ich liebe dich,
Ich geb zum Opfer mich
Und lasse ewiglich
Dich mit mir machen.

Es leuchte dir
Der Himmels-Lichter-Zier;
Ich sei dein Sternlein, hier
Und dort zu funkeln.
Nun kehr ich ein;
Herr, rede du allein
Beim tiefsten Stillesein
Zu mir im Dunkeln.

JORGE LUIS BORGES

DIE ROSE DES PARACELSUS

In seiner Werkstatt, die die beiden Kellerzimmer umfaßte, bat Paracelsus seinen Gott, seinen unbestimmten Gott, irgendeinen Gott, daß er ihm einen Schüler schikke. Es wurde Abend. Das spärliche Feuer im Kamin warf unregelmäßige Schatten. Aufzustehen, um die Eisenlampe anzuzünden, war zuviel Mühe. Geistesabwesend vor Müdigkeit, vergaß Paracelsus sein Bittgebet. Die Nacht hatte die staubigen Alembiks und den Athanor ausgelöscht, als es an die Tür klopfte. Schläfrig erhob sich der Mann, stieg die Wendeltreppe empor und öffnete einen Türflügel. Ein Unbekannter trat ein. Auch er war sehr müde. Paracelsus wies ihn zu einer Bank: der andere setzte sich und wartete. Eine Zeitlang wechselten sie kein Wort.

Der Meister sprach als erster.

»Ich erinnere mich an Gesichter des Okzidents und an Gesichter des Orients«, sagte er nicht ohne eine gewisse Feierlichkeit. »An deins erinnere ich mich nicht. Wer bist du, und was willst du von mir?«

»Mein Name tut nichts zur Sache«, erwiderte der andere. »Drei Tage und drei Nächte bin ich gewandert, um in dein Haus zu gelangen. Ich möchte dein Schüler sein. Ich habe dir all meinen Besitz mitgebracht.»

Er holte einen Leinenbeutel hervor und entleerte ihn auf den Tisch. Es waren viele Münzen, und sie waren aus Gold. Er tat es mit der rechten Hand. Paracelsus hatte ihm den Rücken gekehrt, um die Lampe anzuzünden. Als er sich umwandte, bemerkte er, daß die Linke eine Rose hielt. Die Rose beunruhigte ihn.

Er lehnte sich zurück, legte die Fingerspitzen aneinander und sagte:

»Du glaubst, ich sei imstande, den Stein zu schaffen, der alle Elemente in Gold verwandelt, und du bietest mir Gold. Es ist nicht Gold, was ich suche, und wenn dir an Gold gelegen ist, wirst du niemals mein Schüler sein.«

»Mir liegt nichts am Gold«, entgegnete der andere. »Diese Münzen sind nichts weiter als ein Beweis meines Arbeitswillens. Ich möchte, daß du mich die Kunst lehrst. Ich möchte an deiner Seite den Weg gehen, der zum Stein führt.«

Paracelsus sagte langsam:

»Der Weg ist der Stein. Der Ausgangspunkt ist der Stein. Wenn du diese Worte nicht begreifst, hast du noch gar nicht angefangen zu begreifen. Jeder Schritt, den du gehst, ist das Ziel.«

Der andere sah ihn mißtrauisch an. Er sagte mit klarer Stimme: »Aber es gibt doch ein Ziel?«

Paracelsus lachte.

»Diejenigen, die mich schmähen und die ebenso zahlreich wie dumm sind, sagen nein und nennen mich einen Hochstapler. Ich gebe ihnen nicht recht, doch es ist nicht ausgeschlossen, daß das ein Irrtum ist. Ich weiß, es gibt einen Weg.«

Sie schwiegen, dann sagte der andere:

»Ich bin bereit, ihn mit dir zu gehen, und sollte er viele Jahre in Anspruch nehmen. Laß mich durch die Wüste wandern. Laß mich wenigstens von fern das Land der Verheißung erblicken, obwohl die Gestirne mir den Eintritt verwehren. Ich begehre einen Beweis, ehe ich mich auf den Weg mache.«

»Wann?« fragte Paracelsus beunruhigt.

»Jetzt sofort«, sagte der Schüler mit jäher Bestimmtheit.

Zunächst hatten sie lateinisch gesprochen; jetzt deutsch. Der junge Mann hob die Rose hoch.

»Man sagt«, sprach er, »du könntest eine Rose verbrennen und sie mit Hilfe deiner Kunst aus der Asche wieder auferstehen lassen. Laß mich Zeuge dieses Wunders sein. Darum bitte ich dich, und danach gehört mein ganzes Leben dir.«

»Du bist sehr leichtgläubig«, sagte der Meister. »Leichtgläubigkeit habe ich nicht nötig; ich verlange Glauben.«

Der andere gab nicht nach. »Eben weil ich nicht leichtgläubig bin, möchte ich mit eigenen Augen die Vernichtung und Auferstehung der Rose sehen.«

Paracelsus hatte sie ihm abgenommen und spielte mit ihr, während er sprach.

»Du bist leichtgläubig«, sagte er. »Du sagst, ich bin imstande, sie zu vernichten?«

»Niemand ist außerstande, sie zu vernichten«, sagte der Schüler.

»Du täuschst dich. Glaubst du vielleicht, es könne irgendetwas dem Nichts überantwortet werden? Glaubst du, Adam im Paradies hätte eine einzige Blume oder einen Grashalm vernichten können?«

»Wir sind nicht im Paradies«, sagte der junge Mann starrköpfig. »Unter der Sonne hier ist alles sterblich.»

Paracelsus war aufgestanden.

»Wo sonst wären wir denn? Glaubst du, daß die Gottheit einen Ort schaffen kann, der nicht das Paradies ist? Glaubst du, daß der Sündenfall etwas anderes ist als nicht zu wissen, daß wir im Paradies sind?«

»Eine Rose kann verbrennen«, sagte der Schüler herausfordernd.

»Es ist noch Feuer im Kamin«, sagte Paracelsus. »Wenn du diese Rose auf die Glut wirfst, wirst du glauben, daß sie verglüht und daß die Asche wirklich ist. Ich sage dir, daß die Rose ewig ist und daß nur ihre Erscheinung sich ändern kann. Es bedarf einzig eines Wortes von mir, damit du sie von neuem siehst.«

»Eines Wortes?« sagte der Schüler verwundert. »Der Athanor ist erloschen, und die Alembiks sind voll von Staub. Was tust du, um sie wiederauferstehen zu lassen?«

Paracelsus sah ihn traurig an.

»Der Athanor ist erloschen«, wiederholte er, »und die Alembiks sind voll von Staub. Auf dieser Strecke meiner langen Reise gebrauche ich andere Instrumente.«

»Ich wage nicht zu fragen, welche das sind,« sagte der andere verschlagen oder demütig.

»Ich spreche von dem, was die Gottheit gebrauchte, um Himmel und Erde zu schaffen und das unsichtbare Paradies, in dem wir uns befinden und das uns durch die Erbsünde verborgen ist. Ich spreche von dem Wort, das uns die Wissenschaft der Kabbala lehrt.«

Der Schüler sagte kalt:

»Bitte, sei so gnädig, mir das Verschwinden und Wiedererscheinen der Rose zu zeigen. Es ist mir gleichgültig, ob du Brennkolben benutzt oder das Wort.»

Paracelsus überlegte. Schließlich sagte er:

»Wenn ich es täte, würdest du sagen, daß es sich um eine Erscheinung handelt, die dir deine Augen vorzaubern. Das Wunder gibt dir nicht den Glauben, den du suchst. Laß also die Rose.«

Der junge Mann sah ihn noch immer mißtrauisch an. Der Meister erhob die Stimme und sagte:

»Außerdem, wer bist du denn, ins Haus eines Meisters einzudringen und von ihm ein Wunder zu verlangen? Was hast du geleistet, um eine solche Gabe zu verdienen?«

Der andere antwortete unsicher:

»Ich weiß schon, daß ich nichts geleistet habe. Ich bitte dich im Namen der vielen Jahre, die ich lernend in deinem Schatten verbringen werde, daß du mir die Asche und danach die Rose zeigst. Um weiteres bitte ich dich nicht. Ich glaube dem, was meine Augen mir bezeugen.«

Jäh nahm er die rote Rose, die Paracelsus auf dem Pult liegen gelassen hatte, und warf sie in die Flammen. Die Farbe verlosch, und übrig blieb nur ein wenig Asche. Einen unendlichen Augenblick lang hoffte er auf die Worte und das Mirakel.

Paracelsus war gelassen geblieben. Mit sonderbarer Schlichtheit sagte er:

»Alle Ärzte und alle Apotheker Basels behaupten, daß ich ein Schwindler bin. Vielleicht haben sie recht. Dort ist die Asche, die die Rose gewesen ist und sie nicht wieder sein wird.»

Der junge Mann empfand Scham. Paracelsus war ein Scharlatan oder ein bloßer Phantast, und er, der Eindringling, war in sein Haus gekommen und hatte ihn nunmehr genötigt zuzugeben, daß seine berühmten magischen Künste ohne Wirkung waren.

Er kniete nieder und sagte:

»Ich habe unverzeihlich gehandelt. Es fehlte mir der Glaube, den der Herr von den Gläubigen verlangt hat. Laß mich weiter die Asche sehen. Ich kehre zurück, wenn ich stärker bin, und dann werde ich dein Schüler sein und am Ende des Wegs die Rose sehen.«

Er sprach mit wahrer Leidenschaft, doch diese Leidenschaft war das Mitleid, das ihm der alte, so verehrte, so umworbene, so illustre und darum so hohle Meister einflößte. Wer war er, Johannes Grisebach, mit frevelhafter Hand zu entdecken, daß hinter der Maske niemand war?

Ihm die Münzen dazulassen wäre ein Almosen gewesen. Beim Hinausgehen nahm er sie wieder an sich. Paracelsus begleitete ihn zum Fuß der Treppe und sagte, daß er in diesem Fall jederzeit willkommen wäre. Beide wußten, daß sie sich nicht wiedersehen würden.

Paracelsus blieb allein. Bevor er die Lampe löschte und sich in den ermatteten Sessel niederließ, nahm er das feine Häufchen Asche in die hohle Hand und sagte mit leiser Stimme ein Wort. Die Rose erstand aufs neue.

HUGO VON HOFMANNSTHAL

EIN TRAUM VON GROSSER MAGIE

Viel königlicher als Perlenband
Und kühn wie junges Meer im Morgenduft,
So war ein großer Traum – wie ich ihn fand.

Durch offene Glastüren ging die Luft.
Ich schlief im Pavillon zu ebner Erde,
Und durch vier offne Türen ging die Luft –

Und früher liefen schon geschirrte Pferde
Hindurch und Hunde eine ganze Schar
An meinem Bett vorbei. Doch die Gebärde

Des Magiers – des Ersten, Großen – war
Auf einmal zwischen mir und einer Wand:
Sein stolzes Nicken, königliches Haar.

Und hinter ihm nicht Mauer: es entstand
Ein weiter Prunk von Abgrund, dunklem Meer
Und grünen Matten hinter seiner Hand.

Er bückte sich und zog das Tiefe her.
Er bückte sich, und seine Finger gingen
Im Boden so, als ob es Wasser wär.

Vom dünnen Quellenwasser aber fingen
Sich riesige Opale in den Händen
Und fielen tönend wieder ab in Ringen.

Dann warf er sich mit leichtem Schwung der Lenden –
Wie nur aus Stolz – der nächsten Klippe zu;
An ihm sah ich die Macht der Schwere enden.

In seinen Augen aber war die Ruh
Von schlafend- doch lebendgen Edelsteinen.
Er setzte sich und sprach ein solches Du

Zu Tagen, die uns ganz vergangen scheinen,
Daß sie herkamen trauervoll und groß:
Das freute ihn zu lachen und zu weinen.

Er fühlte traumhaft aller Menschen Los,
So wie er seine eignen Glieder fühlte.
Ihm war nichts nah und fern, nichts klein und groß.

Und wie tief unten sich die Erde kühlte,
Das Dunkel aus den Tiefen vorwärts drang,
Die Nacht das Laue aus den Wipfeln wühlte,

Genoß er allen Lebens großen Gang
So sehr – daß er in großer Trunkenheit
So wie ein Löwe über Klippen sprang.

Cherub und hoher Herr ist unser Geist –
Wohnt nicht in uns, und in die obern Sterne
Setzt er den Stuhl und läßt uns viel verwaist:

Doch Er ist Feuer uns im tiefsten Kerne
– So ahnte mir, da ich den Traum da fand –
Und redet mit den Feuern jener Ferne

Und lebt in mir wie ich in meiner Hand.

GEORG TRAKL

DIE NACHT

Dich sing ich wilde Zerklüftung,
Im Nachtsturm
Aufgetürmtes Gebirge;
Ihr grauen Türme
Überfließend von höllischen Fratzen,
Feurigem Getier,
Rauhen Farnen, Fichten,
Kristallnen Blumen.
Unendliche Qual,
Daß du Gott erjagtest
Sanfter Geist,
Aufseufzend im Wassersturz,
In wogenden Föhren.

Golden lodern die Feuer
Der Völker rings.
Über schwärzliche Klippen
Stürzt todestrunken
Die erglühende Windsbraut,
Die blaue Woge
Des Gletschers
Und es dröhnt
Gewaltig die Glocke im Tal:
Flammen, Flüche
Und die dunklen
Spiele der Wollust,
Stürmt den Himmel
Ein versteinertes Haupt.

ERNEST HEMINGWAY

MÜDE BIN ICH, GEH ZUR RUH

In jener Nacht lagen wir im Zimmer auf dem Fußboden, und ich hörte dem Fressen der Seidenraupen zu. Die Seidenraupen fraßen Maulbeerblätter auf den Hürden, und die ganze Nacht über hörte man sie fressen und ein fallendes Geräusch in den Blättern. Ich für mein Teil wollte nicht schlafen, weil ich schon sehr lange mit dem Wissen lebte, daß meine Seele, falls ich je im Dunkeln die Augen zumachte und mich gehenließ, meinen Körper verlassen würde. So war ich schon sehr lange, seit damals, als ich nachts in die Luft gesprengt worden war und gefühlt hatte, wie sie aus mir herausgefahren und weg und dann wieder zurückgekehrt war. Ich versuchte, niemals daran zu denken, aber sie pflegte jetzt immer nachts aus mir herauszufahren, gerade in dem Augenblick, wenn ich am Einschlafen war, und ich konnte es nur mit sehr großer Anstrengung verhindern. Und während ich jetzt ziemlich sicher bin, daß sie meinen Körper nicht wirklich verlassen hätte, wollte ich es damals in jenem Sommer nicht auf den Versuch ankommen lassen.

Ich hatte verschiedene Arten, mich zu beschäftigen, während ich so wach dalag. Ich dachte an einen Forellenstrom, in dem ich vor langer Zeit als Junge geangelt hatte, und fischte ihn in Gedanken seiner ganzen Länge nach sorgfältig ab, fischte sehr sorgfältig unter all den Baumstämmen, allen Uferbiegungen nach, in allen tiefen Stellen und den klaren, flachen Strecken, und manchmal fing ich Forellen und manchmal entkamen sie auch. Mittags machte ich eine Pause, um meine Brote zu essen, manchmal auf einem Baumstamm über dem Strom, manchmal an einem hohen Ufer unter einem Baum, und ich aß meine Brote immer sehr langsam und beobachtete, während ich aß, den Strom unter mir. Oft ging mir der Köder aus, weil ich immer nur zehn Würmer in einer Tabaksbüchse mitnahm, wenn ich losging. Hatte ich sie alle aufgebraucht, mußte ich neue Würmer finden, und manchmal war es sehr schwierig, am Ufer des Stromes zu graben, wo die Zedern die Sonne abhielten und es kein Gras, sondern nur kahle, feuchte Erde gab, und oft fand ich keine Würmer. Aber ich fand immer irgendeine Art Köder, nur an einem Tag im Sumpf konnte ich überhaupt keinen Köder finden und mußte eine der Forellen, die ich gefangen hatte, in Stücke schneiden und sie als Köder benutzen.

Manchmal fand ich in den sumpfigen Wiesen, im Gras oder unter den Farnkräutern Insekten und benutzte diese. Da gab es Käfer und Insekten, deren Beine wie Grashalme aussahen, und Engerlinge in alten, morschen Baumstämmen, weiße Engerlinge mit braunen, zubeißenden Köpfen, die nicht am Haken blieben und sich im kalten Wasser in nichts auflösten, und Holzwürmer unter Baumstämmen, wo ich manchmal Angelwürmer fand, die im Boden verschwanden, sobald ich den Stamm hochhob. Einmal benutzte ich einen Salamander, den ich unter einem alten Baumstamm fand. Der Salamander war sehr klein und zierlich und behende und von wunderbarer Farbe. Er hatte winzige Füße, mit denen er sich am Haken festzuhalten suchte, und nach diesem einen Mal benutzte ich nie wieder einen Salamander, obschon ich sehr häufig welche fand. Auch Grillen benutzte ich nicht wegen der Art und Weise, wie sie sich am Haken benahmen.

Manchmal lief der Strom durch eine offene Wiese, und ich konnte im trockenen Gras Grashüpfer fangen und sie als Köder benutzen, und manchmal fing ich Grashüpfer und warf sie in den Strom und beobachtete, wie sie schwimmend auf dem Strom entlangtrieben, und wenn die Strömung sie ergriff Kreise beschrieben und dann verschwanden, wenn eine Forelle auftauchte. Manchmal fischte ich so vier oder fünf verschiedene Ströme in einer Nacht ab. Ich begann so nah wie irgend möglich an der Quelle und fischte stromabwärts. Wenn ich zu schnell fertig war und die Zeit nicht rumging, fischte ich den Strom noch einmal ab, indem ich da, wo er sich in den See ergoß, begann und den Strom hinaufging und all die Forellen zu bekommen suchte, die mir vorher entgangen waren. In manchen Nächten erfand ich auch Ströme, und manche waren sehr aufregend, und es erschien mir alles wie ein Wachtraum. An manchen dieser Ströme kann ich mich noch erinnern, und ich glaube, daß ich in ihnen gefischt habe, und sie verschwimmen in meiner Erinnerung mit den Strömen, die ich tatsächlich kenne. Ich gab ihnen allen Namen und fuhr mit der Eisenbahn hin und ging manchmal noch meilenweit zu Fuß, um zu ihnen zu gelangen.

Aber in manchen Nächten konnte ich nicht fischen, und in diesen Nächten war ich frierend-wach und sagte meine Gebete wieder und wieder her und versuchte, für alle Leute, die ich je gekannt hatte, zu beten. Das nahm eine Menge Zeit in Anspruch, denn wenn man versucht, sich an alle Leute, die man je gekannt hat, zu erinnern, und man zu den frühesten Dingen, an die man sich erinnern kann, zurückgeht – was bei mir der Dachboden in dem Haus war, in dem ich zur Welt kam und wo der Hochzeitskuchen meiner Eltern in einer Blechbüchse von einem Sparren herabhing, und auf dem Dachboden unzählige Gläser mit Schlangen und anderem Zeugs standen, die mein Vater als Junge gesammelt und in Alkohol präpariert aufgehoben hatte – und der Alkohol war in manchen Gläsern so weit gesunken, daß die Rücken einiger Schlangen und anderer Tiere freilagen und weiß geworden waren –, wenn man so weit zurückdachte, erinnerte man sich an eine Menge Leute. Wenn man für sie alle betete und für jeden ein Ave Maria und ein Vaterunser sagte, nahm es viel Zeit, und schließlich wurde es hell, und dann konnte man einschlafen, wenn man an einem Ort war, wo man bei Tageslicht schlafen konnte.

In jenen Nächten versuchte ich, mich an alles zu erinnern, was mir je passiert war, indem ich, gerade bevor ich in den Krieg ging, begann und mich von einem zum andern zurückerinnerte. Ich stellte fest, daß ich mich nicht weiter als an jenen Dachboden in dem Haus meines Großvaters zurückerinnern konnte. Dann begann ich da und erinnerte mich so herum noch einmal an alles, bis ich wieder beim Krieg angelangt war.

Ich erinnere mich, daß wir nach dem Tod meines Großvaters aus jenem Haus wegzogen und in ein neues, das meine Mutter entworfen und gebaut hatte. Alles mögliche, was nicht mitgenommen werden sollte, wurde auf dem Hof verbrannt, und ich erinnere mich, daß die Gläser aus der Bodenkammer ins Feuer geworfen wurden und wie sie in der Hitze sprangen und wie das Feuer durch den Alkohol hoch aufflammte. Ich erinnere mich, daß die Schlangen in dem Feuer auf dem Hof verbrannten. Aber hierbei kamen keine Menschen vor, sondern nur Dinge. Ich konnte mich nicht einmal mehr erinnern, wer die Sachen verbrannte, und ich fuhr weiter fort, bis ich auf Menschen stieß, und dann hielt ich an und betete für sie.

Ich erinnere mich, daß meine Mutter in dem neuen Haus ständig großreinmachte und eine Menge Sachen ausrangierte. Einmal, als mein Vater auf einem Jagdausflug war, veranstaltete sie ein richtiges Scheuerfest im Erdgeschoß und verbrannte alles, was dort nicht hingehörte. Als mein Vater nach Hause kam, aus seinem Jagdwagen stieg und das Pferd festgebunden hatte, brannte das Feuer noch auf der Straße neben unserem Haus. Ich ging ihm entgegen. Er reichte mir sein Gewehr und besah sich das Feuer. »Was ist denn das?«

»Ich hab das Erdgeschoß ausgeräumt, mein Lieber«, sagte meine Mutter von der Veranda her. Sie stand da und lächelte zur Begrüßung. Mein Vater blickte ins

Feuer und stieß mit dem Fuß gegen etwas. Dann bückte er sich und hob etwas aus der Asche auf. »Hol 'ne Harke, Nick«, sagte er zu mir. Ich ging ins Erdgeschoß und brachte ihm eine Harke, und mein Vater harkte vorsichtig in der Asche herum. Er harkte Steinäxte und steinerne Messer zum Abhäuten und Werkzeuge, um Pfeilspitzen zu schneiden, und Tonscherben und eine Menge Pfeilspitzen heraus. Sie waren alle vom Feuer geschwärzt und rissig. Mein Vater harkte sie alle sehr sorgfältig heraus und breitete sie auf dem Gras am Straßenrand aus. Sein Gewehr in dem Lederfutteral und seine Jagdtaschen lagen auf dem Gras, wo er sie hingelegt hatte, als er aus dem Jagdwagen gestiegen war.

»Nimm die Flinte und die Taschen ins Haus, Nick, und bring mir eine Zeitung«, sagte er. Meine Mutter war ins Haus gegangen. Ich nahm das Gewehr, das schwer zu tragen war und mir gegen die Beine schlug, und die beiden Jagdtaschen und machte mich damit auf den Weg. »Nimm eins nach dem andern«, sagte mein Vater. »Versuch nicht zuviel auf einmal zu tragen.« Ich legte die Jagdtaschen wieder hin und nahm die Flinte hinein und brachte eine Zeitung von dem großen Haufen, der im Arbeitszimmer meines Vaters lag, mit heraus. Mein Vater breitete all die geschwärzten und rissigen Steingeräte auf dem Papier aus und wickelte sie dann ein. »Die besten Pfeilspitzen sind alle kaputt«, sagte er. Er ging mit dem Papierbündel ins Haus, und ich blieb mit den beiden großen Jagdtaschen draußen auf dem Gras. Nach einer Weile brachte ich sie hinein. In dieser Erinnerung kamen nur zwei Personen vor, also betete ich für beide.

Aber in manchen Nächten konnte ich mich nicht einmal an meine Gebete erinnern. Ich kam nur so weit »Wie im Himmel also auch auf Erden«, und dann mußte ich von neuem anfangen und war völlig unfähig, darüber hinauszugelangen. Dann mußte ich mir eingestehen, daß ich mich nicht daran erinnern konnte, und mußte es aufgeben, in jener Nacht meine Gebete herzusagen, und irgend etwas anderes versuchen. So versuchte ich in manchen Nächten alle Tiere der Erde bei Namen zu nennen, und dann die Vögel und dann die Fische und dann Länder und Städte und dann die verschiedensten Lebensmittel und die Namen aller Straßen, an die ich mich in Chicago erinnern konnte, und wenn ich mich überhaupt an nichts mehr erinnern konnte, dann lag ich nur so da und lauschte. Und ich erinnerte mich an keine Nacht, in der man nicht etwas hören konnte. Wenn ich ein Licht haben konnte, hatte ich keine Angst vorm Einschlafen, weil ich wußte, daß meine Seele nur im Dunkeln aus mir herausfahren würde. Und natürlich war ich viele Nächte an Orten, wo ich ein Licht haben konnte, und dann schlief ich ein, denn ich war beinahe immer müde und oft sehr schläfrig. Und ich bin auch überzeugt, daß ich sehr oft einfach, ohne es zu wissen, schlief – aber ich schlief nie wissentlich, und in dieser Nacht hörte ich den Seidenraupen zu. Nachts kann man ganz deutlich hören, wie die Seidenraupen fressen, und ich lag mit offenen Augen da und hörte ihnen zu.

Außer mir war nur noch ein anderer Mensch im Zimmer, und auch er war wach. Ich hörte seinem Wachsein eine ganze Zeitlang zu. Er konnte nicht so still liegen wie ich, vielleicht weil er nicht soviel Übung im Wachsein hatte. Wir lagen auf Wolldecken, die über das Stroh gebreitet waren, und wenn er sich bewegte, raschelte das Stroh, aber die Seidenraupen hatten vor keinem Geräusch, das wir machten, Angst und fraßen unbeirrt weiter. Man hörte draußen, sieben Kilometer hinter der Front, die nächtlichen Geräusche, aber sie waren anders als die kleinen Geräusche in der Dunkelheit in unserem Zimmer drinnen. Der andere Mann im Zimmer versuchte, still zu liegen. Dann bewegte er sich wieder. Ich bewegte mich auch, damit er wußte, daß ich wach war. Er hatte zehn Jahre in Chicago gelebt. Man hatte ihn 1914 eingezogen, als er gerade zurückgekommen war, um seine Familie zu besuchen, und man hatte ihn mir als Burschen zugeteilt, weil er Englisch sprach. Ich hörte, wie er lauschte, deshalb bewegte ich mich wieder zwischen meinen Decken.

»Können Sie nicht schlafen, Signor Tenente?« fragte er.

»Nein.«

»Ich kann auch nicht schlafen.«

»Was ist denn los?«

»Ich weiß nicht. Ich kann nicht schlafen.«

»Fühlen Sie sich auch nicht wohl?«

»Doch, ganz. Ich kann nur nicht schlafen.«

»Wollen wir'n bißchen reden?« fragte ich.

»Gern. Worüber kann man sich aber in diesem gottverfluchten Ort unterhalten?«

»Dieser Ort ist nicht schlecht«, sagte ich.

»Gewiß doch«, sagte er.

»Erzählen Sie mir von drüben, von Chicago.«

»Ach«, sagte er. »Das hab ich Ihnen alles schon einmal erzählt.«

»Erzählen Sie mir, wie Sie sich verheiratet haben.«

»Das hab ich Ihnen schon erzählt.«

»War der Brief, den Sie Montag bekamen – von ihr?«

»Gewiß. Sie schreibt mir regelmäßig. Sie verdient ganz anständig mit dem Geschäft.«

»Sie werden ein gutgehendes Geschäft vorfinden, wenn Sie zurückkommen.«

»Gewiß, sie führt es ausgezeichnet. Sie verdient eine Masse Geld.«

»Glauben Sie nicht, daß wir die anderen mit unserem Sprechen aufwecken?« fragte ich.

»Nein. Sie können nichts hören. Die schlafen sowieso wie die Schweine. Ich bin anders«, sagte er. »Ich bin nervös.«

»Sprechen Sie leise«, sagte ich. »Wollen Sie rauchen?«

Wir rauchten vorsichtig in der Dunkelheit.

»Sie rauchen nicht viel, Signor Tenente?«

»Nein, ich hab's mir beinahe abgewöhnt.«

»Nun«, sagte er, »es tut einem nicht gut, und ich nehme an, daß man es nachher gar nicht entbehrt. Haben Sie schon gehört, daß Blinde nicht rauchen, weil sie den Rauch nicht sehen können?«

»Das glaube ich nicht.«

»Ich halt's auch für Stuß«, sagte er. »Ich hab's mal irgendwo gehört. Sie wissen ja, wie man so Sachen hört.«

Wir waren beide still, und ich hörte den Seidenraupen zu.

»Hören Sie diese verdammten Seidenraupen?« fragte

er. »Man kann sie knabbern hören.«

»Es ist komisch«, sagte ich.

»Sagen Sie, Signor Tenente, ist wirklich etwas mit Ihnen los, daß Sie nicht schlafen können? Ich sehe Sie nie schlafen. Sie haben nachts, solange ich bei Ihnen bin, noch nicht geschlafen.«

»Ich weiß nicht, John«, sagte ich. »Vorigen Frühling ist es mir ziemlich dreckig gegangen, und nachts quält's mich.«

»Genau wie ich«, sagte er. »Ich hätte nie in diesen Krieg reingeraten sollen. Ich bin zu nervös.«

»Vielleicht wird es besser.«

»Sagen Sie, Signor Tenente, wieso sind Sie denn überhaupt in diesen Krieg reingeraten?«

»Das weiß ich nicht, John. Damals wollte ich.«

»Wollte«, sagte er, »das ist allerdings ein fabelhafter Grund.«

»Wir sollten nicht so laut reden«, sagte ich.

»Die schlafen genau wie Schweine«, sagte er. »Und Englisch verstehen sie ohnehin nicht. Die wissen überhaupt nichts. Was wollen Sie denn machen, wenn der Krieg vorbei ist und wir wieder in den Staaten sind?»

»Ich werd für 'ne Zeitung arbeiten.«

»In Chicago?«

»Vielleicht.«

»Lesen Sie eigentlich je, was der Kerl, der Brisbane, schreibt? Meine Frau schneidet es für mich aus und schickt es mir.«

»Natürlich.«

»Kennen Sie ihn?«

»Nein, aber ich hab ihn mal gesehen.«

»Den Kerl würde ich gern mal treffen. Er ist ein ausgezeichneter Schriftsteller. Meine Frau liest kein Englisch, aber sie bestellt die Zeitung weiter, genauso wie wenn ich zu Hause bin, und schneidet die Leitartikel und den Sportteil aus und schickt's mir.«

»Wie geht's den Kindern?«

»Glänzend. Meine eine Tochter ist jetzt in der vierten Klasse. Wissen Sie, Signor Tenente, wenn ich die Kinder nicht hätte, wäre ich jetzt nicht Ihr Bursche. Dann hätte man mich die ganze Zeit über in die vorderste Linie gesteckt.«

»Ich freue mich, daß Sie sie haben.«

»Ich auch. Es sind famose Kinder, aber ich wünsche mir einen Jungen. Drei Mädchen, und kein Junge. Das ist schon gemeines Pech.«

»Warum versuchen Sie nicht, einzuschlafen?«

»Nein. Ich kann jetzt nicht schlafen. Ich bin jetzt ganz wach, Signor Tenente. Aber wissen Sie, ich mach mir Sorgen, daß Sie nicht schlafen.«

»Wird schon wieder werden, John.«

»Wenn man sich vorstellt, so'n junger Kerl wie Sie, der nicht schläft.«

»Es wird schon wieder werden. Es braucht einfach seine Zeit.«

»Sie müssen wieder in Ordnung kommen. Man kann doch nicht ohne Schlaf existieren. Sorgen Sie sich um etwas? Bedrückt Sie irgendwas?«

»Nein, John, ich glaube nicht.«

»Sie sollten heiraten, Signor Tenente. Dann würden Sie sich keine Sorgen machen.«

»Ich weiß nicht.«

»Sie sollten heiraten. Warum suchen Sie sich denn nicht irgendeine nette Italienerin mit viel Geld? Sie können jede kriegen, die Ihnen gefällt. Sie sind jung, und Sie haben 'ne Reihe Orden und Auszeichnungen und sehen nett aus. Sie sind mehrere Male verwundet gewesen.«

»Ich spreche die Sprache nicht gut genug.«

»Sie sprechen sie glänzend. Zum Teufel mit der Sprache! Sie brauchen doch nicht mit ihnen zu reden. Heiraten sollen Sie sie.«

»Ich werd's mir überlegen.«

»Sie kennen doch ein paar Mädchen, nicht?«

»Natürlich.«

»Also dann heiraten Sie die mit dem meisten Geld. Wissen Sie, hier sind alle so erzogen, daß sie gute Ehefrauen werden.«

»Ich werd's mir überlegen.«

»Überlegen Sie sich's nicht, Signor Tenente. Tun Sie's.«

»Schön.«

»Jeder Mann sollte verheiratet sein. Sie werden es niemals bereuen. Jeder Mann sollte verheiratet sein.«

»Schön,« sagte ich. »Wir wollen jetzt mal versuchen, ein bißchen zu schlafen.«

»Schön, Signor Tenente. Ich werd's noch mal versuchen. Aber denken Sie an das was ich gesagt habe.«

»Ich werd daran denken«, sagte ich. »Jetzt wollen wir aber mal ein bißchen schlafen, John.«

»Schön«, sagte er. »Hoffentlich werden Sie schlafen, Signor Tenente.«

Ich hörte, wie er in seinen Decken auf dem Stroh herumrollte, und dann war es ganz still, und ich hörte, wie er regelmäßig atmete. Dann begann er zu schnarchen. Ich hörte eine lange Zeit zu, wie er schnarchte, und hörte zu, wie die Seidenraupen fraßen. Sie fraßen unentwegt, und die Blätter raschelten. Ich hatte etwas Neues, an das ich denken konnte, und lag mit offenen Augen im Dunkeln und dachte an all die Mädchen, die ich gekannt hatte, und was für Frauen sie wohl abgeben würden. Es war sehr interessant, darüber nachzudenken, und eine Zeitlang verdrängte es das Forellenfischen und kam meinem Beten in die Quere. Zum Schluß kam ich aber doch wieder aufs Forellenfischen zurück, weil ich merkte, daß ich mich deutlich an alle Ströme erinnern konnte, und immer war irgend etwas Neues an ihnen, während die Mädchen, wenn ich ein paarmal an sie gedacht hatte, verschwammen, und ich sie mir nicht ins Gedächtnis zurückrufen konnte, und schließlich verschwammen sie alle und waren eigentlich alle gleich, und ich gab's fast ganz auf, an sie zu denken. Aber mein Beten setzte ich fort, und ich betete nachts oft für John, und sein Jahrgang wurde vor der Oktoberoffensive von der Front zurückgezogen. Ich war froh, daß er fortkam; ich hätte mich sehr um ihn gesorgt. Er besuchte mich einige Monate später in Mailand im Lazarett und war sehr enttäuscht, weil ich noch nicht verheiratet war, und ich weiß, daß er außer sich wäre, wenn er wüßte, daß ich bis heute noch immer unverheiratet bin. Er ging nach Amerika zurück und dachte sehr positiv über die Ehe und war davon überzeugt, daß sie alles ins Lot bringen würde.

WERNER BERGENGRUEN

DIE MÄNNER IM SCHNELLERTSBERGE

Hoch oben auf dem Schnellerts hat man manchmal mit Schauder einen Hahn krähen hören, obwohl keine menschliche Wohnung in der Nähe liegt; auch hat sich des öfteren ein dreistimmiger Frauengesang vernehmen lassen, welcher aus der Tiefe zu kommen schien; und so haben denn die Leute den Gedanken, es müsse drinnen im Berge eine versunkene Haushaltung sein.

In einem der französischen Kriege hatte ein Meldereiter im Odenwalde die Richtung verloren. Dies konnte leicht geschehen, denn die Franzosen pflegten bewohnte Orte zu meiden, außer wenn sie in geschlossenen Abteilungen marschierten; wer aber einzeln war, der mußte sich hüten, den Bauern zu begegnen, deren manche sich zu leidlich bewaffneten Freischaren zusammengeschlossen hatten.

So ritt auch dieser Mann nicht an der Gersprenz entlang, sondern oberhalb des Tales durch die Wälder an seiner rechten Seite.

Es war eine böse Herbstnacht, und den Reiter, einen ernsten und schweigsamen Bretonen, kam ein Bangen an, als er plötzlich mitten im Walde bergaufwärts vor sich ein Licht sah. Dann aber sagte er sich, wenn ihm nicht jemand den Weg weise, so könne er nicht zu seinem Truppenteil zurückfinden.

Er zog also seine Pistole und galoppierte durch die schwarzen Büsche auf das Licht zu. Nun wurde es heller, aber es war nicht recht wahrzunehmen, von wo diese Helligkeit ihren Ausgang hatte. Der Reiter sah unter den Bäumen drei Frauen stehen, die hatten ihre Gesichter verhüllt, die eine mit weißem, die andere mit grauem und die dritte mit schwarzem Tuch. Er sprach sie an, denn er hatte während der Feldzüge einige deutsche Worte gelernt, allein sie gaben ihm keine Antwort, und es war, als hätten sie seine Fragen gar nicht gehört. Der Soldat sah sich um, und nun gewahrte er oben auf dem Berggipfel einige Mauertrümmer; zwischen denen kam auch der Lichtschein hervor. Er stieg ab, band sein Pferd an einen Ast, bekreuzte sich und ging auf das Licht zu, das aus einer Höhlung zu kommen schien. Er fand etwas wie einen Torweg, der in den Berg hineinführte, und trat ein. Es wurde heller, und nun sah er sich in einem gewölbten Raum, in dessen Mitte stand ein großmächtiger, runder, steinerner Tisch, und um den Tisch saßen zwölf Männer. Einer von ihnen, ein langbärtiger Mann, der nur ein Auge hatte und einen gewaltigen schwarzen Breithut trug, war um einen Kopf höher als alle anderen, und zu seinen Füßen lagen unbeweglich zwei riesige Wolfshunde mit langen, blutroten Zungen. Die Männer redeten miteinander, aber langsam und schwer und in einer Sprache, welche der Bretone nicht verstand. Mitten auf dem Tische lag ein sehr großes aufgeschlagenes Buch mit weißen Blättern, das ergriff nun der Einäugige und schob es mit einer Gebärde stummer Trauer seinem Nachbarn zu. Der tat desgleichen, und so gelangte es endlich um den runden Tisch herum wieder an seinen alten Platz. Die Männer sahen vor sich nieder, und wenn einer von ihnen einmal den Blick erhob, so glitten seine Augen über den Soldaten hin, als vermöchten sie ihn nicht wahrzunehmen.

Den Reiter überrieselte es. Ein Fischer unter Fischern, hatte er einsam an der bretonischen Küste gelebt, solange er zurückdenken konnte, und hatte dort manche Nachtgeschichte von verwunschenen Höhlen und umgehenden Männern gehört; Strandräubern, Piraten, Schiffbrüchigen und Ertrunkenen. Dann hatten die Soldaten ihn mitgehen geheißen, und er hatte in fremden Ländern, in großen Städten, unter fremden Häusern und fremden Leuten alle Schauer der Heimat vergessen.

Nun standen sie wieder riesengroß vor seiner erschrockenen Seele, und aus dem Waldesrauschen, das durch den Gang in den Raum hineinscholl, meinte er den Anprall heulender Sturzseen gegen bretonische Strandfelsen herauszuhören. Er wagte den Mund nicht zu öffnen und wagte sich nicht zu rühren. Er wäre gern geflohen, allein es hielt ihn ein süßes und heimatliches Erschrecken fest, das ihn an Tang und Salzwind, an Fischgeruch und Segelflattern erinnerte und an sturmgegerbte alte Gesichter, von rotem Feuerschein beim

Netzeflicken beleuchtet, und an rissige Hände, die hastig das Zeichen des Kreuzes gemacht hatten, wenn von Schiffsgespenstern und schwimmenden Särgen die Rede gewesen war.

Die zwölf Männer sahen sich finster und voll Trauer an, und wieder schob einer dem anderen das Buch mit den leeren Blättern hin, und ein jeder schüttelte trübe den Kopf, hoffnungslos wie ein Verdammter, und gab es dem neben ihm Sitzenden weiter. Und während der Bretone sich vergebens zu erraten bemühte, was das zu bedeuten habe, sah er plötzlich die drei Frauengestalten hinter dem Tisch stehen, die weiße, die graue und die schwarze. Und alle drei machten sie ihm Zeichen und winkten ihm, und ihre Gebärden waren so klar und bestimmt, daß der Soldat endlich inne ward, was man von ihm begehrte: nämlich, er solle den Schreibstift, den er erst gewahrte, vom Tische nehmen und solle in das große Buch schreiben. Kaum hatte er das begriffen, da wandten alle die Männer ihm ihre Gesichter zu und sahen ihm in die Augen, einige drohend, andere bittend, wieder andere voll Erwartung oder Vorwurf. Und nun winkten ihm auch die Frauen immer eindringlicher, und endlich richtete sich der Einäugige auf, daß er fast mit dem schwarzen Hut an die Decke des Gewölbes stieß, sein mächtiges Auge blitzte herrisch, und seine Hände griffen nach dem Buch, und es war offenbar, daß er es dem Soldaten zureichen wollte.

Da aber erschrak dieser vor der mächtigen Riesengestalt mit dem einen großen Auge und vor dem ganzen wunderlichen Wesen in dieser Höhle im wilden, nächtlichen Walde, wohl anderthalbhundert Meilen von seiner heimatlichen Fischerhütte entfernt; seine Knie begannen zu zittern, er stieß einen Schrei aus und stürzte davon. Als er draußen mit unsicheren Handgriffen sein Pferd losband und dann keuchend in den Sattel sprang, da hörte er einen Hahn krähen, einmal, zweimal, dreimal, und es war ihm, als habe er einen argen Verrat geübt. Und nun war auch das Licht erloschen und die Gangöffnung verschwunden, und eine Schar von großen Vögeln strich durch die Baumwipfel davon, und als der Reiter, von Grausen geschüttelt, bergab stob, da peitschten die taunassen Buschzweige sein Gesicht, wie Gerten, von zornigen Händen geschwungen.

Matt und verstört traf er im Morgengrauen auf eine französische Munitionskolonne und langte endlich gegen Abend bei seinem Truppenteil an.

Am Lagerfeuer erzählte er stockend seinem Korporal, einem entlaufenen Priesterzögling, was ihm widerfahren war.

Der hörte anfangs träge zu, dann aber wurde er ärgerlich und sagte: »Du bist dumm gewesen. Du hättest in das Buch schreiben sollen: ›Das Blut Jesu macht uns rein von aller Sünde.‹ Dann wäre aller Zauber gelöst gewesen und sie hätten dir ihre Schätze lassen müssen.«

»Das habe ich nicht gewußt«, erwiderte der Bretone kurz. »Auch verstehe ich mich nicht auf das Schreiben.«

Eine Weile sah er nachdenklich in das Feuer, dann spie er aus, schlug ein Kreuz und meinte: »Diese Tannen sind schwarz, und dieser Wald ist hoch, und seine Geister sind mit den Bauern im Bunde. Hier ist nicht gut Krieg führen.«

DEUTSCHE VOLKSSAGE

TRAUM VOM SCHATZ AUF DER BRÜCKE

Einem Einwohner des auf dem Hunsrück am Hochwald gelegenen Dorfes Alt-Rinzenberg, der den Familiennamen Engel führte, träumte einst drei Nächte hintereinander:

Zu Koblenz auf der Brück
Da blüht dir dein Glück.

Als er dies seinen Verwandten erzählte, ließen sie ihm keine Ruhe, bis er sich gen Koblenz aufmachte, um das Glück zu suchen. Dort angekommen, begab er sich sofort auf die alte Moselbrücke, an der das kurtrierische Schloß stand, und ging auf ihr auf und ab, das Glück erwartend, das sich aber nicht einstellen wollte. Voll Ärger über die unnötigen Ausgaben und die beschwerliche, weite Reise wollte er schon, da es immer später wurde, sich wegbegeben, als ihn ein Soldat, der auf der Brücke Schildwache stand, durch das sonderbare Gebaren des unruhig hin und her gehenden Bauers aufmerksam gemacht, anredete und ihn fragte, was er hier eigentlich suche. »Ach«, sagte Engel, »da träumte mir dreimal hintereinander: Zu Koblenz auf der Brück, da blüht dir dein

Glück, und nun laufe ich schon den ganzen Tag hier auf und ab, aber von Glück habe ich noch nichts gesehen.« Da lachte der Soldat und sagte: »Auf Träume muß man überhaupt nichts geben. Da träume ich zum Beispiel immer: In Rinzenberg steht in einer alten verfallenen Zisterne ein Kessel mit Gold; aber soviel ich auch gefragt habe, kein Mensch kann mir sagen, wo Rinzenberg liegt; das gibts ja gar nicht.» »Aha«, dachte der Bauer, »jetzt weiß ich genug«, verabschiedete sich schnell und machte sich auf den weiten Heimweg; und zu Hause angekommen, fand er den Schatz richtig an der bezeichneten Stelle, hob ihn und erbaute weit ab von seinem Dörfchen am Eberswalde nahe bei dem damals weit und breit berühmten Sauerbrunnen drei überaus feste Häuser und gründete so Neu-Rinzenberg, das unter dem Namen Rinzenberg noch heute besteht und namentlich vor dem Dreißigjährigen Krieg ein blühender reicher Ort war, während Alt-Rinzenberg verfiel und bald völlig eingegangen und verschwunden war. *(Hunsrück)*

LORD DUNSANY

AM RANDE DER GEZEITEN

Mir träumte, ich hätt' eine gräßliche Untat begangen, so daß mir kein ehrliches Grab zuteil werden durfte, nicht in der Erde, noch auch im Wasser, und auch zur Hölle durft' ich nicht fahren.

Dies wissend, lag ich mehrere Stunden. Dann kamen die Freunde, mich abzuholen, töteten mich im geheimen und nach uraltem Ritus, entzündeten große Kerzen und schafften mich aus dem Haus. Dies alles begab sich zu London. Und sie stahlen in stockdunkler Nacht sich die alten Straßen entlang und die schäbigen Häuser, bis sie angelangt waren am Fluß. Und der Fluß und die Flut von der See lagen im Kampfe gegeneinander zwischen den schlammigen Ufern, und beide waren sie schwarz und mit Lichtern besät. Und wie ein plötzliches Staunen war's in der beiden Augen, als meine Freunde ans Ufer traten, die flackernden Kerzen in Händen. Ich aber nahm jede Einzelheit wahr, während mein toter, erstarrender Körper vorangeschleppt wurde, denn meine Seele saß noch gefangen in meinem Gebein, weil es für sie keine Hölle mehr gab und auch kein christliches Grab.

Sie schafften mich eine Treppe hinunter, die schlitzig war von grünlichem Schleim, und nahten sich langsam dem gräßlichen Schlamm. Und dort, im Ausgeding allen Abfalls, gruben sie mir eine seichte Grube. Und als sie zu Rande waren damit, legten sie mich darein und warfen die brennenden Kerzen hinaus in den Fluß. Und als das Geflacker verzischt war im Wasser, sahen die Wachsstöcke bleich aus und klein, wie sie da schwappten auf kreisender Woge. So war aller Glanz dieses Elends urplötzlich getilgt, und ich sah, wie die Dämmerung gewaltig heraufstieg. Und meine Freunde schlugen die Mäntel übers Gesicht, und der traurige Zug löste sich auf in flüchtende Einzelgestalten, und sie stahlen sich heimlich davon.

Dann quoll der Schlamm träge zurück an seinen vorigen Ort und deckte mich zu. Nur mein Gesicht ließ er frei. Und so lag ich allein inmitten des Ausgedinges der Dinge, der angetriebenen Dinge, welche der Flut schon zu schlecht sind, der nutzlosen Dinge, verlorenen Dinge, und der entsetzlich leblosen Ziegel, die da nicht Stein sind noch Erde. Doch lag ich schon ohne Empfindung, denn ich war umgebracht worden. Nur Denken und Wahrnehmung wohnten in meiner unseligen Seele. Und die Dämmerung ward heller, so daß ich die trostlosen Häuser erblickte, wie sie sich drängten am Ufer. Ihre erstorbenen Fenster starrten hernieder auf meine erloschenen Augen, und keine Menschenseele wohnte hinterm Gemäuer, nur leblose Warenballen. Ich aber war es so müd, all dies Strandgut zu schauen, daß ich hätt' lauthals schreien mögen. Doch ich vermocht' es nicht, denn ich war tot. Und wußte auch einmal so klar wie noch nie, daß durch die Jahre und Jahre der Haufe trostloser Häuser schreien gewollt so wie ich, aber tot war und ohne Stimme. Und weiters erkannte ich, daß es um all das vergessene Schwemmgut gar nicht so schlecht hätt' bestellt sein müssen, wär's zu weinen nur fähig gewesen. Doch es war augenlos und sonder Leben. Und auch ich versuchte zu weinen, doch keine Träne entquoll meinen toten Augen. Und ich wußte nunmehr, daß der Fluß uns Weinende in seine Hut genommen, daß er uns liebkost, ja eingesungen hätte. So aber zog er breithin an uns vorüber und dachte an nichts denn die stattlichen Schiffe.

Dann aber bewirkte die Flut, was der Fluß nicht gewillt war zu tun, und rollte heran und hinweg über mich, und meine Seele fand Ruh unterm Grün ihres Schwalls und freute sich dessen und glaubte, ihr wäßriges Grab gefunden zu haben. Doch dann zog stromabwärts davon all das Wasser und ließ mich aufs neue allein mit dem fühllosen Schlamm inmitten des Ausgedinges der Dinge, die da ans Ende gelangt sind ihrer Reise, und im Angesicht all der trostlosen Häuser und im Bewußtsein, daß wir allesamt Tote waren.

In der düsteren Wand hinter mir, überhangen von wucherndem Unkraut und gemieden vom Wasser, mündeten nachtschwarze Gänge, deren enger, geheimer Verlauf von Abfall verstopft und versperrt war. Und nach einer Zeit wagten aus diesen Löchern sich die Ratten hervor, huschten herunter zu uns, mir das Fleisch von den Knochen zu nagen. Und meine Seele freute sich dessen und glaubte, nun würde sie wohl oder übel befreit von dem verfluchten Gebein, das da kein Grab finden durfte. Doch alsbald schraken die Ratten zurück, verharrten von fern und besprachen sich untereinander. Und verschwanden und kehrten nicht wieder. Und da ich nun sehen mußte, daß ich auch bei den Ratten verflucht war, versucht' ich aufs neue zu weinen.

Und die Flut kehrte abermals wieder, überspülte den gräßlichen Schlamm, verbarg all die trostlosen Häuser vor meinem Blick und sänftigte mir die vergessenen Dinge ringsum, und meine Seele fand Ruh und Zeit unterm wäßrigen Bahrtuch der See. Doch ebbewärts zogen die Wasser aufs neue davon. Heran über mich und stromabwärts davon zog die Flut durch die Jahre und Jahre. Bis mich der Grafschaftsrat fand und mich würdig beisetzen ließ. Und es war das erste Grab, darin ich jemals geschlafen. Aber noch in der Nacht des nämlichen Tags holten die Freunde mich ab: gruben mich aus und schafften meine Gebeine zurück zur seichten Grube im Schlamm.

Und aber und wieder im Hingang der Jahre ward beigesetzt mein Gebein, doch stets ward solches Begräbnis von einem der schrecklichen Männer belauert, die da erschienen mit Einbruch der Nacht, um auszugraben dies mein Gebein und es zurückzuschaffen zur seichten Grube im Schlamm. Und es kam der Tag, an welchem verstarb der letzte der Männer, die mir so Schreckliches angetan hatten. Bei sinkender Sonne vernahm ich, wie seine Seele den Fluß überquerte.

Und wieder erfaßte mich Hoffnung.

Nur wenige Wochen danach ward ich aufs neue gefunden, aufs neue hinweggenommen von meinem ruhlosen Lager und beigesetzt tief in geweihter Erde. Und meine Seele hoffte, nun Ruhe gefunden zu haben für immer.

Aber schon waren die Männer zum andernmal da, in Mäntel gehüllt und mit Kerzen versehen, um mich aufs neue zu übergeben dem Schlamm, denn zum Brauch war dies nunmehr geworden, ja mehr noch: zum Ritual. Und all die vergessenen Dinge ringsum, sie spotteten meiner mit tauben Herzen, sobald sie gewahrten, daß man mich abermals hergeschafft, denn sie hatten geeifert ob meines Auszuges aus dem Morast. Und ich war ja, dies ist zu bedenken, nicht fähig zu weinen.

Und die Jahre zogen dahin, zogen seewärts dahin mit all den schwarzen Lastkähnen, und auch die Jahrhunderte gingen verloren im Meer, und immer noch lag ich im Schlamm, ohn alle Ursach zu hoffen, und auch zu hoffen nicht wagend ohn Ursach, und dies war verursacht vom schrecklichen Neid und vom Grimm all der Dinge, die da am Ende angelangt sind ihrer Reise.

Einmal kam ein gewaltiger Sturm auf, kam bis nach London herein von der südenglischen See. Und schwenkte ein in den Fluß mit dem zerrenden Ost, und war mächtiger denn die öden Gezeiten und kam in gewaltigen Sprüngen über den leblosen Schlamm. Und all die tristen, vergessenen Dinge freuten sich dessen und trieben hinaus zu den andern, die stolzer waren denn sie, und wogten aufs neue inmitten der herrlichen Schiffe, die da stromauf und stromab ziehn. Und aus der grausigen Grube zerrte der Sturm mein Gebein, das nun auf immer, so hofft' ich, verschont bleiben würde vom Wechsel der öden Gezeiten. Und als die Wasser ebbewärts strömten, stürmte den Fluß er hinunter und wandte sich südwärts nach Hause, von wo er gekommen. Und streute meine Gebeine an den Strand vieler Inseln und an die Küste des fremden und froheren Festlands. Und für eine Weile, da meine Knochen so weithin verstreut lagen, war meine Seele so gut wie frei.

Dann, nach dem Willen des Monds, stieg die unermüdliche Flut und machte zunichte das Werk aller Ebbe, spülte meine Gebeine zusammen, schwemmte sie fort vom Gestade der sonnigen Inseln, sammelte sie von den Küsten des Festlands und wogte mit ihnen gen Norden bis an die Mündung der Themse, wandte sich westwärts ohne Erbarmen, strömte flußaufwärts, erreichte die Grube im Schlamm und warf meine Knochen hinein. Und der Schlamm kroch zum Teil hinweg über sie, und zum Teil ließ er bleich sie und bloß, denn der Schlamm weiß nichts vom Ausgeding der Dinge.

Und dann kam die Ebbe, und ich sah die erstorbenen Augen der Häuser und ward inne der grimmigen Eifersucht all jener Dinge, welche der Sturm nicht mit sich gespült hatte.

Und weitre Jahrhunderte gingen dahin über Ebbe und Flut und über die Einsamkeit all der vergessenen Dinge. Und immer noch lag ich gefangen im fühllosen Zugriff des Schlamms, niemals zur Gänze bedeckt, doch nie auch im Stande der Freiheit, und sehnte mich nach der großen Liebkosung der Erde, und auch nach dem sanften Schoße des Meers.

Bisweilen ward mein Gebein von den Menschen gefunden und zur Erde bestattet, doch nimmer erlosch jener Brauch, und die Nachfolger meiner Freunde schafften es wieder zurück in den Schlamm. Aber es kam eine Zeit, da fuhren die Lastkähne nicht mehr vorüber, und die Lichter wurden geringer an Zahl. Keine gezimmerten Schiffe mehr glitten stromab, sondern entwurzelte Bäume trieben vorbei, alte und riesige, wie die Natur sie geformt.

Und schließlich wurd' ich gewahr, daß da ein Grashalm heraufwuchs ganz in der Nähe und daß die erstorbenen Häuser vom Moos überwuchert wurden. Und eines Tages trieb Distelflaum auf dem Strom.

Jahre und Jahre achtete ich solcher Zeichen, und langsam ward mir zur Gewißheit, daß London dahinsank. So schöpfte ich neue Hoffnung. Doch zu beiden Seiten des Flusses erhob sich der Grimm der vergessenen Dinge, weil da eins unter ihnen zu hoffen gewagt in all dem verlorenen Schlamm. Und die entsetzlichen Häuser zerbröckelten mit dem Hingang der Zeit, so daß die erstorbenen Dinge ringsum, die niemals das Leben gesehen, ein sanftes Begräbnis erhielten inmitten von Unkraut und Moos. Windling und Hagedorn waren die letzten, und dann kam der Tag, da die Heckenrose erblühte über den Wellen und Hügeln, welche einst Hafenmauern gewesen und Schuppen und Magazine. Da aber wußt' ich, daß die Natur triumphierte und London nicht länger bestand.

Und der letzte Bewohner von London kam zu der Mauer am Fluß. Er trug einen Mantel nach uraltem Zuschnitt, einen von denen, die einst meine Freunde getragen. Und spähte über den Rand, ob ich noch läg' im

Morast. Dann ging er davon als der letzte der Menschen, den ich gesehen. Denn auch die Menschen, sie waren mit London vergangen.

Wenige Tage nach dem Hinweggang des letzten der Menschen kamen die Vögel nach London, alle die singenden Vögel. Da sie mich erstmals erblickten, hielten die Köpfe sie schräg, scharten von fern sich zusammen und redeten untereinander.

»Er hat sich bloß an den Menschen versündigt«, so redeten sie. »Und dies ist nicht unsere Sache.«

»So laßt uns denn freundlich zu ihm sein«, redeten sie.

Und hüpften näher zu mir und begannen zu singen. Und es war um die erste Frühe des Morgens, und von beiden Ufern des Flusses und aus dem Himmel und auch aus dem Dickicht, welches die einstigen Straßen bedeckte, sang es aus Hunderten von Kehlen. Und je lichter der Tag ward, so lauter sangen die Vögel. Dichter und dichter wurde der Schwarm über mir, bis er nach Tausenden zählte, nach Tausenden singender Vögel, ja vielleicht nach Millionen, und schließlich war nichts mehr zu sehen denn ein Heerbann aus flatternden Schwingen, die in der Sonne erglänzten und nur manchmal den Himmel hindurchschimmern ließen. Und es begab sich, daß meine Seele, als nichts mehr von London zu hören war, nichts denn solch brausender Lobgesang – daß meine Seele sich hob aus dem alten Gebein und dem Schlamm sich entwand, und an dem Gesang sich emporzog zum Himmel. Und es tat eine Gasse sich auf zwischen den Schwingen der Vögel, und meine Seele stieg höher und höher hinan, und am

Ende der Gasse stand spaltbreit geöffnet eine der kleineren Pforten zum Paradies. Das aber ward mir zum Zeichen, daß der Schlamm nun für immer hinter mir lag: Ich konnte mit einemmal weinen!

Und im selben Moment schlug die Augen ich auf im Bett eines Londoner Hauses, und draußen die Sperlinge schrieen im Astwerk des Baumes vor dem strahlenden Morgen. Und gebadet in Tränen war mein Gesicht, denn wir können nur schwach uns beherrschen, solange wir schlafen. Ich aber erhob mich und öffnete weit meine Fenster, streckte die Arme aus über dem winzigen Garten und segnete alle die Vögel, deren Gesang mich auferweckt hatte aus dem jahrhundertelangen Entsetzen und aus aller Verstrickung des Traums.

JOHN KEATS

AN DEN SCHLAF

O du Erbarmer stiller Mitternacht,
Du, dessen zarte Hand zu dieser Zeit
Das schwermutvolle Aug vor Licht bewacht
Mit Schattenwürfen der Vergessenheit:

Tiefsanfter Schlaf! Wenn dir's gefällt, so tu
Mein Auge zu, jetzt, da mein Wort dich preist –
Halt, wart das Amen ab, eh lindernd du
Ums Lager streust des Mohnes Gab und Geist;

Dann schütze mich, sonst scheint der Tag mit Macht
Mir neu aufs Kissen, fügt mir Jammer zu;
Beschütze mich vor des Gewissens Wut –

Im Finstern wühlt sich's wie ein Maulwurf ein:
Dreh flink den Schlüssel und versiegle gut
Der sacht verstummten Seele Schloß und Schrein.

SUNG-LING PU

DER TRAUM

In Tschiao-tschou lebte ein Mann namens Tou-hsü, mit dem Beinamen Hsiao-hui. Als er eines Tages sich nachmittags niedergelegt hatte, sah er vor seinem Bette einen Mann in honigfarbenem Kleide stehen, der ihm anscheinend etwas mitteilen wollte. Er fragte ihn nach seinem Begehren, und der Mann antwortete, er sei der Überbringer einer Einladung von seinem Herrn. »Und wer ist dein Herr?« fragte Tou. »Oh, er wohnt nicht weit von hier«, erwiderte der andere.

So gingen sie zusammen, und nach einiger Zeit kamen sie an einen Platz, auf dem unzählige weiße Gebäude sich eines über dem andern erhoben, von dichten Zitronenhainen beschattet. Sie nahmen ihren Weg durch zahllose Türen von ungewöhnlicher Gestalt und begegneten einer Menge umherlaufender Männer und Frauen, die alle etwas Beamtenhaftes in ihrer Erscheinung hatten und von denen jeder Tous Begleiter zurief: »Ist

Herr Tou gekommen?«, worauf er stets bejahend antwortete.

Nun kam ihnen ein hoher Würdenträger entgegen und führte Tou zu einem Palast. Tou sagte zu ihm: »Sie erweisen mir viel Güte. Aber ich habe nicht die Ehre, Sie zu kennen, und weiß den Grund Ihrer Einladung nicht.«

»Unser Fürst«, antwortete sein Begleiter, »hat schon lange von Ihnen als von einem Mann von vornehmem Geschlecht und vortrefflichen Grundsätzen gehört und ist begierig, Ihre Bekanntschaft zu machen.«

Tou war sehr erstaunt und fragte: »Wer ist Ihr Fürst?«

»Sie werden es sogleich selbst sehen«, sagte der andere.

In demselben Augenblick kamen zwei Mädchen mit Fahnen heraus, die Tou durch viele Türen geleiteten, bis sie an einen Thron kamen, auf dem der Fürst saß. Als er Tou eintreten sah, stand er auf, ging ihm entgegen und forderte ihn auf, den Ehrensitz einzunehmen. Danach wurden ihnen köstliche Speisen aller Art vorgesetzt. Aufblickend bemerkte Tou eine Rolle, auf der geschrieben stand: *Der Kassiahof*, und er begann gerade daran zu denken, was er zunächst sagen sollte, als der Fürst ihn ansprach: »Die Ehre, Sie zum Nachbarn zu haben, darf wohl wie ein Verwandtschaftsband zwischen uns angesehen werden. Wir wollen uns daher der Freude ergeben und Mißtrauen und Furcht gänzlich abtun.« Tou murmelte seine Zustimmung.

Als der Wein einigemale herumgegangen war, hörte man in einer Entfernung Flötenspiel und Gesang erklingen, aber ohne die übliche Trommelbegleitung und sehr gedämpften Schalles. Der Fürst sah sich in der Runde um und sagte: »Wir wollen euch Herren einen Vers zur

Ergänzung aufgeben (Dieses in China sehr beliebte Spiel besteht darin, daß jedes Wort des zu bildenden Verses dem an derselben Stelle stehenden Wort des ersten Verses entsprechen muß.): *Schöner Geist sucht den Kassiahof.*« Während die Hofleute noch über einen passenden Gegenvers nachdachten, sagte Tou: *»Edler Sinn liebt den Lotoskelch.«* Der Fürst rief: »Wie seltsam! Lotos ist der Name meiner Tochter. Nach solch einem schönen Zufall muß sie selbst kommen, damit Sie sie sehen.«

Nach wenigen Augenblicken verkündeten das Klingen ihres Geschmeides und ein köstlicher Moschusduft die Ankunft der Prinzessin. Sie war zwischen sechzehn und siebzehn, mit unirdischer Schönheit begabt. Der Fürst hieß sie sich vor Tou verneigen und stellte sie ihm als seine Tochter Lotos vor. Sogleich nach diesem feierlichen Vorgang entschwand die Prinzessin wieder.

Ihre Erscheinung hatte alle Gedanken Tous in Bewegung versetzt und wieder zum Erstarren gebracht. Er war so überwältigt, daß er, als der Fürst ihm vorschlug, sie sollten einander noch ein volles Glas zutrinken, es gar nicht hörte. Der Fürst, der wohl verstand, was die Aufmerksamkeit seines Gastes abgelenkt hatte, erzählte ihm, er würde gern einen Gemahl für seine Tochter finden, aber unglücklicherweise sei da die Schwierigkeit der verschiedenen Gattung, und er wisse nicht, was er tun solle. Aber auch diese Worte hörte Tou nicht, bis ihn endlich einer der Umstehenden am Ärmel zupfte und ihn fragte, ob er nicht bemerkt habe, daß der Fürst ihm zuzutrinken wünschte. Da fuhr Tou auf und kam wieder zu Sinnen; er erhob sich und bat den Fürsten, seine Unhöflichkeit zu entschuldigen, da der viele Wein ihn des Bewußtseins beraubt hätte. »Überdies«, fügte er hinzu, »erwarten Eure Hoheit zweifellos mancherlei Geschäfte; ich will daher Abschied nehmen.«

»Ich bin glücklich, Sie gesehen zu haben«, antwortete der Fürst, »und bedaure nur, daß Sie solche Eile haben. Ich will Sie jetzt nicht aufhalten; wenn Sie uns aber nicht völlig vergessen, werde ich mich sehr freuen, Sie wieder hierher einzuladen.« Er gab nun Befehl, man solle Tou nach Hause begleiten.

Auf dem Wege fragte diesen einer der Hofleute, warum er nichts gesagt habe, als der Fürst von einem Gatten für seine Tochter sprach, da doch seine Hoheit offenbar beabsichtigt hätte, Tou zu seinem Schwiegersohn zu machen. Tou war bestürzt, daß er die Gelegenheit versäumt hatte. Indessen hatten sie sein Haus erreicht. Da geschah es, daß er erwachte: Die Sonne war schon untergegangen, und er saß in der Dämmerung und dachte daran, was sich ereignet hatte. Alles stand noch klar vor seinen Augen.

Am nächsten Abend löschte er die Kerze und hoffte, den Traum fortsetzen zu können. Aber der Faden war abgerissen, und er konnte nur seine Reue in Seufzern aussprechen.

Eines Nachts schlief er im Hause eines Freundes, als plötzlich ein Hofbeamter eintrat und ihn ersuchte, vor dem Fürsten zu erscheinen. Entzückt sprang er auf und folgte ihm zum Palast, wo er sich vor dem Throne zur Erde verbeugte. Der Fürst hob ihn auf, hieß ihn sich setzen und sagte: »Seit wir beisammen waren, habe ich erfahren, daß Sie geneigt sind, meine Tochter zu heiraten, und ich hoffe, daß es mir gestattet sein wird, sie Ihnen zur Magd zu geben.« Tou stand auf und dankte mit erneuter Verbeugung dem Fürsten, der nun Befehl gab, daß ein Gastmahl bereitet werde.

Als sie beim Wein saßen, wurde gemeldet, daß die Prinzessin angekleidet sei. Sodann kam eine Schar von Hofdamen mit der Prinzessin in ihrer Mitte. Ein roter Schleier hüllte ihren Kopf ein, und sie glitt mit kleinen Schritten heran, als sie sie auf den Teppich führten. Als die Zeremonien der Vermählung beendet waren, wurden Tou und die Prinzessin ins Brautgemach geleitet. Die reine duftende Luft hatte eine unsägliche Kraft der Beglückung. Tou sprach zur Prinzessin: »In deiner Gegenwart wäre es leicht, den Tod selber zu vergessen. Aber ich fürchte, daß all dies nur ein Traum ist.«

»Wie kann es ein Traum sein«, sagte die Prinzessin, »da du und ich beisammen sind?«

Am nächsten Morgen vergnügte sich Tou damit, der Prinzessin beim Schminken zu helfen. Dann begann er mit einem Gürtel den Umfang ihrer Hüften und mit seinen Fingern die Länge ihrer Füße zu messen. »Bist du närrisch?« rief sie lachend. Tou sagte: »Ich bin so oft durch Träume getäuscht worden, daß ich mir jetzt eine genaue Erinnerung schaffen will. Wenn es wieder zu nichts wird, werde ich doch etwas als ein Andenken haben.»

Während sie so scherzten, kam eine Dienerin ins Zimmer gestürzt und schrie: »Ach! Ach! Ein großes Ungeheuer ist dem Palaste nahe gekommen. Der Fürst hat sich in einen Seitenflügel geflüchtet. Vernichtung wird sicherlich über uns kommen.«

Tou war in großer Angst, als er dies hörte, und lief

zum Fürsten, der seine Hand ergriff und ihn unter Tränen bat, sie nicht im Stich zu lassen. »Unsere Verwandtschaft«, rief er, »war schon gegründet, als der Himmel dieses Unheil über uns sandte. Nun wird mein Reich zerstört werden. Was soll ich tun?« Tou bat ihn, ihm mitzuteilen, was geschehen sei.

Der Fürst legte einen Eilbericht auf den Tisch und ersuchte Tou, ihn zu öffnen und zu lesen. Das Schreiben lautete: »Der Erste Staatsminister, Schwanflügel, an Seine Königliche Hoheit, zum Bericht der Ankunft eines außergewöhnlichen Ungeheuers und zur Empfehlung unverzüglicher Entfernung des Hofes zum Zwecke der Erhaltung der Lebenskraft des Reiches. Meldung ist soeben erstattet worden von dem am Gelben Tor wachhabenden Offizier, des Inhalts, daß seit dem sechsten Tage des fünften Monats ein riesenhaftes Ungeheuer, zehntausend Fuß an Länge messend, zusammengerollt außerhalb des Eingangs zum Palast lagert und daß es allbereits dreizehntausendachthundert und etliche Untertanen Eurer Hoheit verzehrt und weit und breit Verheerung ausgestreut hat. Beim Empfange dieser Meldung ging der Diener Eurer Hoheit mutig daran, eine Rekognoszierung zu unternehmen, und wurde eines giftigen Reptils gewahr, dessen Kopf den Umfang eines Berges hatte und dessen Augen breiten Wasserflächen glichen. Sooft es den Kopf erhob, verschwanden ganze Gebäude in seinem Rachen, und wenn es sich streckte, stürzten Mauern und Häuser in Trümmern zusammen. Aus dem ganzen Altertum ist keine Erwähnung eines Schreckens dieser Art erhalten. Das Schicksal unserer Tempel und Ahnenhallen wird schon in den nächsten Stunden entschieden sein. Wir flehen daher Eure Hoheit an, sogleich mit der Königlichen Familie den Palast zu verlassen und anderswo eine glücklichere Wohnung zu suchen.» Als Tou dieses Schriftstück gelesen hatte, wurde sein Angesicht aschenfahl. In demselben Augenblick stürzte ein Bote herein und schrie: »Da ist das Ungeheuer!«, worauf der ganze Hof in wilde Klagen ausbrach.

Der Fürst war außer sich vor Angst; er sagte Tou, er solle sich selbst in Sicherheit bringen, ohne sich um seine Frau zu kümmern, durch die er in dieses Unheil geraten sei. Die Prinzessin jedoch, die daneben stand und ihr Geschick bitterlich beweinte, rief Tou an, er solle sie nicht verlassen. Nach einem Augenblick des Zögerns sagte er, er würde sich glücklich schätzen, sein armes Haus zu ihrer sofortigen Verfügung zu stellen, wenn sie geruhen wollte, ihm die Ehre zu erweisen. »Wie können wir in einem Augenblick wie diesem von geruhen sprechen? Ich bitte dich, nimm uns so schnell wie möglich dahin.« Tou gab ihr seinen Arm, und im Nu waren sie in seinem Hause angekommen.

Die Prinzessin erklärte sogleich, es sei ein reizender Aufenthaltsort und besser sogar als ihr früheres Königreich. »Aber nun bitte ich dich«, sagte sie zu Tou, »Vorrichtungen für die Aufnahme meiner Eltern zu treffen, damit die alte Ordnung der Dinge hier fortgesetzt werde.« Als Tou nun einige Einwände machte, rief sie: »Ein Mann, der einem andern Wesen in der Stunde der Not nicht helfen will, ist kein Mann«, und fiel in einen Weinkrampf.

Tou versuchte, so gut er konnte, sie zu trösten, als er plötzlich erwachte und sah, daß alles nur ein Traum gewesen war. Doch hatte er zu gleicher Zeit ein Summen in den Ohren und wußte, daß es von keinem menschlichen Wesen herrühren konnte. Er blickte sich achtsam um und entdeckte zwei oder drei Bienen, die sich auf seinem Kissen niedergelassen hatten. Er war darüber sehr erstaunt und beriet sich mit einem Freund, der die seltsame Geschichte mit Verwunderung erfuhr. Als er Tous Kleider ansah, bemerkte er, daß eine Menge Bienen darauf saßen, die sich nicht wegscheuchen ließen. Er riet Tou nunmehr, einen Korb für sie aufstellen zu lassen. Als dies geschehen war, füllte ihn sogleich ein ganzer Schwarm von Bienen, die in großen Scharen herbeigeflogen kamen. Man untersuchte, woher sie gekommen waren, und stellte fest, daß sie einem alten Mann gehörten, der in der Nachbarschaft wohnte und seit dreißig Jahren Bienen züchtete. Tou ging zu ihm und erzählte ihm die Begebenheit. Der Alte eilte zu seinen Bienenstöcken und fand einen leer. Als er ihn aufbrach, entdeckte er eine Schlange, die etwa zehn Fuß lang war. Er erkannte in ihr das riesenhafte Ungeheuer aus Tous Erlebnis und tötete sie sogleich. Die Bienen aber blieben bei Tou und vermehrten sich von Jahr zu Jahr.

SIMON DACH

ALS ICH … FÜR GROSSER ENGBRÜSTIGKEIT NICHT SCHLAFEN KUNNTE

Die Nacht, die unsre Sorgen
Durch süßen Schlaf bezwingt.
Ruft schon dem lichten Morgen,
Der sachtlich zu uns dringt;
Der Sternen Glanz muß weichen
Und macht dem Tage Bahn;
Ich habe noch für Keichen
Kein Auge zugetan!

Als alles ist entschlafen,
Kutsch ich mich gleichfalls ein,
Weiß aber nichts zu schaffen,
Zu ängstig ist die Pein;
Und darauf schlag ich Feuer
Und lese mit Verdruß,
Weil ich mein Ungeheuer
Nur so betriegen muß.

Die Glocken hör ich schlagen
Zwölf, eines, zwei, drei, vier,
Ich muß mich immer plagen,
Kein Schlafwunsch hülfet mir.
Mein Haupt sinkt oft danieder,
Die Augen mach ich zu,
Krieg Ohnmacht in die Glieder
Nicht aber etwas Ruh.

Ist dies nicht großer Jammer?
Ein jedes hüllt sich ein
Und schläft in seiner Kammer,
Auch selbst der Mondenschein;
Kein Windchen ist vorhanden,
Der Pregel ruht begnügt,
Auch schläft in seinen Banden
Der, so gefangen liegt.

Nur ich sitz über Ende
Und nehme mit Beschwer
Mein Haupt in beide Hände
Und winsle so daher.
Sollt jemand jetzt mich schauen,
Er hätt ob meiner Qual
Mitleiden oder Grauen,
Auch wär er harter Stahl.

Erbarmt euch meiner Schmerzen,
Ihr Ärzte, kommt zuhauf,
Nehmt meine Not zu Herzen,
Schlagt eure Bücher auf;

Was euer Rat wird bringen,
Auch wär es Gassenkot,
Ich will ihn in mich schlingen,
So groß ist meine Not.

Ach, daß ich nur verdrossen
Mach eure Wissenschaft!
Ich hab umsonst genossen
So manchen Trank und Saft;
Mein Leid ist nicht zu heben,
Es kriegt den Siegespreis,
Ich muß verloren geben,
Umsonst ist Kunst und Fleiß.

Mein Fieber ist verschwunden,
Mich hungert allgemach,
Ich gebe den Gesunden
Fast nirgends etwas nach.
Mein Durst hat sich geleget,
Nur daß der zähe Wust
Die Atemskürz erreget
In meiner engen Brust.

Mein Amt muß ganz erliegen.
Vielleicht läßt manches Maul
Von mir ein Urteil fliegen:
Ich sei so arbeitsfaul.
Gott lasse mich genesen,
So soll es kundbar sein,
Wes hie die Schuld gewesen,
Der Krankheit oder mein.

RAINER MARIA RILKE

GEBET

Ich sprach von Dir als von dem sehr Verwandten,
zu dem mein Leben hundert Wege weiß,
ich nannte Dich: den alle Kinder kannten,
den alle Saiten überspannten,
für den ich dunkel bin und leis.

Ich nannte Dich den Nächsten meiner Nächte
und meiner Abende Verschwiegenheit, –
und Du bist der, den keiner sich erdächte,
wärst Du nicht ausgedacht seit Ewigkeit.
Und du bist der, in dem ich nicht geirrt,
den ich betrat wie ein gewohntes Haus.
Jetzt geht Dein Wachsen über mich hinaus:
Du bist der Werdendste, der wird.

ARMIN T. WEGNER

DIE DREI TRÄUME

Die Nacht war über Venedig gekommen, leise, schwermutsvoll, voller Erwartungen und Überraschungen wie der Liebende zu seiner Geliebten. Über den Kanälen, deren Wasser sich in leisem Atem hob, ruhte das Dunkel. Wie eine schlafende Gestalt schienen es die Wellen zu wiegen, und die Nacht war reich an Wundern, die hinauslockten in die Finsternis. Ich aber war müde geworden, ich hatte lange in einer Gondel gelegen und nach den Sternen geschaut; mich verlangte zu schlafen.

Ich stieg in meine Kammer hinauf, die über einer schmalen Gasse lag, die wie durch einen Torbogen unter dem Hause hinlief und durch die das Leben bis tief in die Nacht mit vielen Stimmen rauschte, weichen, lockenden Stimmen, die ohne Herbheit waren, und frei von Arbeit und Müdigkeit, und während ich so wie auf einer Brücke schlief, unter welcher der Strom des Lebens dahinbrauste, gab mir die Nacht drei Träume, drei Träume, die sich auftaten vor mir, mit großen, wunderlichen Augen, wie die Geheimnisse, wie die drei Weissagungen eines Lebens.

DER ERSTE TRAUM

Zum ersten aber träumte mir, während das Lachen der Gasse mir noch im Ohr zitterte wie eine leise Melodie: Ich wäre gegen Morgen auf einer Wanderung an eine Wegkreuzung gekommen und blieb in der Dämmerung in der Mitte des Platzes stehen. Ich war ratlos. Zahllose Straßen liefen von dieser Stätte in das Land hinaus, und ich hatte die Richtung vergessen, aus der ich gekommen. Ich wandte mich um: Wegweiser standen umher, seltsame, phantastische Wegweiser, die sich in der blauen Morgendämmerung zu regen begannen. Bald konnte ich ihre Gestalten unterscheiden.

Da war ein Narr in einem scharlachnen Kleid, der trug ein Lachen wie eine Maske auf dem Gesicht und wies mit beiden Händen in das flackernde Morgenrot: »Komm! Komm! in das Land der Freude! In bunte Täler wirst du hinabsteigen, trunkene Tänze werden dich über die Wiesen führen. Gar viele Tränke gibt es, dich zu berauschen: Wein, Liebe, Gesang, Kunst, Tugend, Religion ... Komm, komm in das Land der Freude! Komm! In das Land der Freude! ... Komm! Komm!«

Und eine andere Gestalt stand daneben, in ein schwarzes Gewand gehüllt, das hinabfloß bis zu ihren Füßen, und ihre Stimme war wie Grabeslaut: »Tritt ein in meinen Pfad, er wird dich in das Land der Trauer leiten. Mit Schwermut wird er deine Seele beladen wie mit Diamanten; der Schmerz soll wie ein Edelstein auf deiner Stirn leuchten und Bitternis wie ein blasses Diadem sich um dein Haupt winden. Tritt ein in das Land der Trauer!«

Und da war eine dritte Gestalt, angetan wie ein Kriegsknecht, mit Waffen behängt, und hinter dem Visier des Helmes leuchtete ihr Gesicht wie das Grinsen eines Knochenschädels: »Reite, reite ins Land der Gefahren!« rief sie. »Früh, früh kommt der Tod; aber besser ein Sterben in frühem Tode, denn ein Sterben in spätem Leben. Reite, reite ins Land der Gefahren!«

Und da war eine vierte Gestalt, die war angetan mit einem groben, härenen Gewande, und sie hatte ein verdorrtes Gesicht wie Frauen, die lange hinter dem Webstuhl gesessen haben, und sie sprach mit einer leisen, klagenden Stimme: »Dies ist der Pfad der Pflicht! Laß dich nicht verlocken von anderen Stimmen: Auf diesem Pfade wirst du schreiten wie ein gutes Saumpferd unter seinem guten Führer, und du wirst nie an deinem Wege zweifeln. Dies ist der Pfad der Pflicht!«

Und noch andere waren da, bunte, wunderliche Gestalten, ein Mann mit einer Last auf seinem Rücken, von dessen Lippen das Wort »Arbeit« ertönte, wie das Knarren eines Rades am Wagen, und ein anderer in einem flatternden Gewand, der sprach mit Gesten wie ein Schauspieler, und das Wort »Ruhm« erklang in seinem Munde wie eine Glocke.

Dazwischen aber ertönte immer wieder die Stimme des Narren im scharlachnen Kleid: »Komm in das Land der Freude! Komm, komm in das Land der Freude! … Komm!«

Und ich stand und hörte sie alle. Doch ich war ratlos.

Da sah ich eine Gestalt, die ich vorher nicht bemerkt hatte: Sie war stumm und reglos. Den einen Arm hielt sie von sich gestreckt wie ein Schwert, hinausdeutend in eine nebelvolle Ferne. Es stand kein Name geschrieben auf diesem Weiser, es tönte kein Wort aus ihrem Munde, und auch ihr Antlitz war verhüllt durch einen Schleier: Ich konnte sie nicht erkennen. So stand sie wie aus Stein; aber diese Hand, die sich stumm in die Ferne reckte, war wie ein Schrei, diese Stimme des Schweigens war lauter als all die Worte, die um mich tönten. Und ich wußte, daß dies der Weg war, den ich gehen mußte. Und ich betrat den Pfad, ohne mich umzuschauen, und dieser stumme Weiser hinter mir war wie eine Hand in meinem Nacken, die mich vorwärts stieß – weiter – weiter – wohin?...

DER ZWEITE TRAUM

Und ich erwachte, und die Nacht war tief. Der Strom unter mir schien leiser zu fluten; nur eine vereinzelte Stimme rief die Gasse herauf: »Felicissima notte! ...« Und ich schloß die Augen und schlief wieder ein und träumte abermals.

Mir war: Ich ging über eine weite Ebene, die wie eine kreisende Scheibe vor mir herlief. Es war Tag geworden. Aus dem Nebel, der lange die Ferne bedeckt hatte, war eine Sonne getreten, weiß, starr, ein Antlitz ohne Erbarmen, und schüttete ihre Strahlen wie ein Netz von glühenden Fäden über mich aus. Noch immer fühlte ich jene Hand in meinem Nacken, die mich vorwärts stieß, jenen ausgestreckten Arm, laut in seiner Stummheit, nachdem ich mich nicht umzuschauen wagte. Aber wenn ich zu Boden blickte, so sah ich, wie dicht hinter meinen Füßen die Erde zusammenbrach, eine wandernde Kluft, die immer hinter meinen Schritten herlief.

Da erblickte ich Berge, in der Ferne auftauchend und näher rückend; nur ihre obersten Spitzen konnte ich erkennen, sie glänzten in der Sonne und schienen gleichsam in der Luft zu schweben; ihr Fuß aber löste sich in einen blauen Rauch auf, als könnte man durch ihre Masse schauen wie durch leeren Raum. Als ich jene Höhen erblickte, erfüllte ein merkwürdiges Gefühl meine Seele, Inbrunst und Begehren, Glück und Trauer zugleich und eine Sehnsucht, die stark war wie ein Schmerz: Dort! Dort! Das war das Land, das weiße Land meiner Wünsche, das Ziel der Wanderung, die Köstlichkeit der Arbeit, mein, mein ... Und ich stürmte davon, als würde ich an einer Kette gerissen, daß ich fast den Halt unter meinen Füßen verlor.

So kam ich an ein Meer, das mich von jenen Bergen trennte, weit, mit schimmernden Wellen, die wie Spinnfäden an den Erdschollen glitzerten, wie ein Brachfeld im Frühlingslicht. Und ich sah den Strand hinab und sah einen Fährmann auf einem Steine sitzen und seine Ruderstange in den Händen halten.

»Bist du der Fährmann?« sprach ich.

Und er erwiderte: »Du sagst es.«

»Wo aber ist dein Boot?« sprach ich und schaute mich um. »Hast du keine Fähre?«

Und er erwiderte: »Du sagst es. Ein Fährmann, aber keine Fähre!«

»Wie aber soll ich dann hinüberkommen? Der Weg ist lang, und ich bin müde vom Wandern« Und da er schwieg, sprach ich weiter: »Gib deinen Rat mir.«

Da reckte er das Kinn und sagte: »So du das Liebste nicht opferst, das du hast, so wirst du nicht zu jenen Bergen kommen.«

Und ich schaute ihn an, und es war ein Verwundern in meiner Seele. Das Liebste? ... Da stand ich, arm und bloß, wie ich gekommen, und hatte nichts denn mein Leben; wo war das Opfer, das ich bringen konnte? ... Der Alte schwieg, und ich starrte auf seine weiße Mähne, bis ich zuletzt merkte, daß es der Schnee der Berge war, auf dem meine Blicke ruhten; der Alte war wie ein Nebel vor mir von der Sonne aufgesogen und verschwunden.

Da stieg ich bis an die Hüften ins Wasser und breitete die Arme aus und begann zu schwimmen, still und langsam wie ein guter Schwimmer; ich schwamm Tage und Nächte, bis ich auf die Höhe des Meeres kam. Da erschlaffte mein Arm, und ich ließ mich von den Wellen treiben. Eines Tages aber ertönte ein Lachen aus der Flut herauf, ein Mädchenarm tauchte aus dem Wasser, und ein Weib hob sich aus den blauen Wellen, weiß und feuchtschimmernd, und ließ sich mit mir von der Flut treiben, und ihre Brüste hoben sich auch wie zwei Wellen aus dem Wasser empor, nur weißer noch als der Schaum der Woge. Ich sah sie an, und mein Blut begann zu rauschen wie das Meer, das uns umgab, und ich hörte nicht auf, sie anzusehen. Was tat es, daß der Wind uns rückwärts trieb nach jener Küste, von der ich gekommen? Ich vergaß jene weißen, schneebedeckten Höhen, nach denen meine Sehnsucht in der Irre war, nicht dort, hier, hier war das weiße Land meiner Wünsche, warm und lebend stieg es aus den Wellen empor... Und ich gab ihr all die Liebe, welche die Einsamkeit in meiner Seele gesammelt hatte wie ein Brunnen das Wasser in Regenjahren. Unsere Tage waren die Sehnsucht und das Vergessen unserer Nächte, unsere Nächte die Sehnsucht und das Vergessen unserer Tage. So trieben wir auf dem Meere umher.

In einer Nacht aber stand ein Sturm auf. Wie ein Riese erhob er sich vom Grunde des Meeres und schüttelte die Flut von seinem Rücken. Die weiße Hand, die ich umklammert hielt, wurde mir aus den Fingern gerissen, wie mit Armen umfaßte mich die Woge und schleuderte mich umher. Ich aber stürzte mich von neuem in die Tiefe, ich suchte, suchte... Doch nirgends sah ich einen weißen Leib durch die schäumende Finsternis leuchten. Schwarz, dunkel war die Tiefe, voller Greuel; Schlamm stieg vom Grunde auf und trübte meine Blicke, bis die Augen mir vom langen Hinabstarren schmerzten. Da ließ ich mich von den Wellen wieder emporheben, ohne Wunsch, ohne Begehren. Ich dachte der Worte des alten Mannes am Ufer, jetzt verstand ich sie; aber was galt mir nun der Sieg?

Als ich die Augen aufschlug, fand ich mich nahe der ersehnten Küste; die Berge tauchten vor mir auf, steil, mit weißen leuchtenden Spitzen, rot glänzten sie in der Abendsonne, ein wenig Blut schien mir in ihren Schnee gemischt, und nicht ohne Bitternis konnte ich ihren Glanz schauen. Ich breitete die Arme aus, ohne Willen, zum Sterben müde, und meine Kniee rührten an den Grund. Ich schwankte das Ufer hinauf, eine Kälte ließ mich erzittern, ich fiel, meine Hände berührten den Boden, ich wollte mich wieder aufrichten – da erwachte ich, und meine Lippen bebten.

DER DRITTE TRAUM

Noch immer war es Nacht; die Stille umher war lautlos geworden und das Schweigen so groß, daß ich fast erschrak. Da schloß ich die Augen wieder und schlief wieder ein und träumte zum dritten.

Mir war: Ich weilte auf einem hohen Berge, auf einem Felsen sitzend, auf jenen schneebedeckten Höhen, nach denen Blick und Sehnsucht so lange wandern gingen. Da saß ich in dem weißen Land meiner Wünsche, über mir schwebte die Sonne, so nah war mir das Licht, so nahe... Aber das Licht war kalt. Eine eisige Luft streifte mein Antlitz, mein flatterndes Kleid erstarrte, wenn der Frost es mit seinem Finger berührte; Eis bedeckte mein Haupt, Eis meine Glieder.

Ich sah, ich sah.

Weit war die Welt, voller Wunder war sie, wie ein Garten lag sie zu meinen Füßen gebreitet, wie Ackerfeld die Dächer der Städte, wie Kanäle ihre Gassen, durch welche die Menschen sich drängten wie eine schwarze, giftige Flut. Die Länder sah ich sich senken vor meinen Blicken, ich sah, wie die Erde sich wölbte, tief bis in die innerste Falte der Welt konnte ich schauen. Und ich sah den Weg, den ich gekommen, und das Blut meiner Hände, das wie Narben die Wand der Felsen bedeckte. Und ich hörte die Stimme der Menschen, die sich um den Fuß der Berge drängten, dumpf, brausend. »Herauf! Herauf!« tönte es wie ferner Kampf ... Und ich wandte das Haupt.

Ich sah, ich sah.

Greise Männer sah ich sitzen zu meiner Rechten, greise Männer über mir zu meiner Linken. Eis deckte ihr Haupt, ein weißer Bart wuchs ihnen herab auf die Brust, zu Eis erstarrt, wie Wasser, das im Sturze gerinnt, wuchs weiter hinab bis zu ihren Füßen, deckte den Felsen wie Gletschereis ... Und ich wandte das Haupt.

Ich sah, ich sah.

Ein Weib sah ich stehen, weit jenseits des Meeres, dessen Wellen zu meinen Füßen dahinzogen wie eine wandernde Herde. Ihr Haar leuchtete wie eine Krone auf ihrem Haupt... Und ich erkannte sie wieder. Da schickte ich meine Stimme aus wie einen Boten, und der Wind trug sie mit sich wie ein verdorrtes Blatt, und ich rief: »Wo bist du?«

Und es dauerte lange, bis die Antwort kam, weit, weit von drüben jenseits des Meeres wie das Singen einer Lerche. Mir war, als könnte ich die Stimme sehen, wie sie sich in die Lüfte erhob, flatternd gleich einer Taube, und herüberkam bis zu mir.

»Hier bin ich«, sprach sie. »Deine Brüder und Schwestern sind mit mir. Jeden Morgen und Abend sende ich aus ihrer Mitte mein Gebet hinauf zu dir. Wie hoch du stehst! ... Oh, es muß schön und köstlich sein, auf solcher Höhe zu wandern!«

Und als ich ihre Worte vernommen, trat mir ein Geschmack auf die Lippen wie von einer bitteren Frucht;

und ich schickte noch einmal meine Stimme aus, und diesmal ging sie von mir wie einem Bettler: »Oh, komm herauf zu mir ... Mir ist sehr einsam!«

Und wieder kam mir die Antwort, zitternd wie Lerchensang und vom Winde getragen wie Taubenflug: »Ich kann nicht ... Ich kann nicht!« –

Da ward es stille, und das Schweigen schlug über mir zusammen wie ein Meer, und die Einsamkeit klang in meinen Ohren wie ein Brausen. Die Nacht kam, Wolken rollten über die Erde, Finsternis reckte sich aus der Tiefe empor. Eis deckte mein Haupt, Eis meine Glieder; ein weißer Bart wuchs mir vom Kinn herab auf die Brust, zu Eis erstarrt, wie Wasser, das im Sturze gerinnt, und wuchs weiter hinab bis zu meinen Füßen und deckte die Felsen wie Gletscherwand. Ich wollte den Arm ausstrecken, doch das Blut gefror mir in den Gliedern, da schloß ich die Augen und fühlte, wie langsam, langsam in meinem Innern auch mein Herz ... zu Eis erstarrte.

Als ich erwachte, war es Tag. Sonne lag an meinem Fenster, schmeichelnd wie eine warme Wange. Stimmen tönten die Gasse herauf, und unter meiner Kammer, in der ich wie auf einer Brücke schlief, rauschte der Strom. Da war das Leben, voller Gefahren, voller Geheimnisse, tief, unergründlich ... Dies Leben, das ich so sehr liebte.

JOHANN WOLFGANG VON GOETHE

DEM AUFGEHENDEN VOLLMONDE

Willst du mich sogleich verlassen!
Warst im Augenblick so nah!
Dich umfinstern Wolkenmassen,
und nun bist du gar nicht da.

Doch du fühlst, wie ich betrübt bin,
blickt dein Rand herauf als Stern!
Zeugest mir, daß ich geliebt bin,
sei das Liebchen noch so fern.

So hinan denn! hell und heller,
reiner Bahn, in voller Pracht!
Schlägt mein Herz auch schmerzlich schneller,
überselig ist die Nacht.

CHRISTINE LAVANT

SPINDEL IM MOND

Daß ich dem Mond mein Gemüt überließ,
bringt mich der Lösung nicht näher.
Bis zum gläsernen Weckruf der Hähne
muß ich eingeholt haben
den Schlüssel zu allen Träumen.
Ich werde das Boot verlassen
und über die Wasser des Himmels gehn,
vorbei an den Inseln der Sterne
und der Einkehr der Engel.
Meine Flügel habe ich hingegeben
an die Löwin meiner Schwäche.
Sie wird mir die Wüste bewahren
und den Brunnen der Tänze,
bis ich wiederkehre mit meinem Schlüssel
und Warnung und Vorschriften weiß.
Noch haben die Hähne mein Herz nicht geweckt.
Wehe, wenn ihre gläsernen Rufe
das Lamm mir zerschneiden
vorzeitig und sinnlos!

GÜNTER EICH

WACHT AUF, DENN EURE TRÄUME SIND SCHLECHT

Wacht auf, denn eure Träume sind schlecht!
Bleibt wach, weil das Entsetzliche näher kommt.

Auch zu dir kommt es, der weit entfernt wohnt
von den Stätten, wo Blut vergossen wird,
auch zu dir und deinem Nachmittagsschlaf,
worin du ungern gestört wirst.
Wenn es heute nicht kommt, kommt es morgen,
aber sei gewiß.

Oh angenehmer Schlaf
auf den Kissen mit roten Blumen,
einem Weihnachtsgeschenk von Anita,
woran sie drei Wochen gestickt hat,
oh angenehmer Schlaf,
wenn der Braten fett war und das Gemüse zart.
Man denkt im Einschlummern an die Wochenschau
von gestern abend:
Osterlämmer, erwachende Natur, Eröffnung
der Spielbank in Baden-Baden,
Cambridge siegte gegen Oxford
mit zweieinhalb Längen, –
das genügt, das Gehirn zu beschäftigen.

Oh dieses weiche Kissen, Daunen aus erster Wahl!
Auf ihnen vergißt man das Ärgerliche der Welt,
jene Nachricht zum Beispiel:
Die wegen Abtreibung Angeklagte
sagte zu ihrer Verteidigung:
›Die Frau, Mutter von sieben Kindern, kam zu mir mit
einem Säugling,
für den sie keine Windeln hatte, und der
in Zeitungspapier gewickelt war.
Nun, das sind Angelegenheiten des Gerichtes,
nicht unsre.
Man kann dagegen nichts tun,
wenn einer etwas härter liegt als der andere.
Und was kommen mag,
unsere Enkel mögen es ausfechten.‹

›Ah, du schläfst schon? Wache gut auf, mein Freund!
Schon läuft der Strom in den Umzäunungen, und
die Posten sind aufgestellt.‹

Nein, schlaft nicht, während die Ordner der Welt
geschäftig sind!
Seid mißtrauisch gegen ihre Macht, die sie vorgeben
für euch erwerben zu müssen!

Wacht darüber, daß eure Herzen nicht leer sind,
wenn mit der Leere eurer Herzen gerechnet wird!
Tut das Unnütze, singt Lieder,
die man aus eurem Mund nicht erwartet!
Seid unbequem, seit Sand, nicht das Öl
im Getriebe der Welt!

DINO BUZZATI

DIE NACHT IM DOM

Wer klopft am Weihnachtsabend an die Domtür? – fragte sich Don Valentino. – Haben die Leute noch nicht genug gebetet? Was für eine Sucht hat sie ergriffen?

Mit diesen Worten ging er öffnen, und mit einem Windstoß trat ein zerlumpter Mann herein.

– Wieviel von Gott ist hier – rief er lächelnd aus und sah sich um. – Wieviel Schönheit! Man spürt es sogar von draußen. Hochwürden, könnten Sie mir nicht ein wenig davon abgeben? Denken Sie, es ist der Heilige Abend.

– Das gehört Seiner Exzellenz, dem Erzbischof –, antwortete der Priester. – Er braucht es in wenigen Stunden.

– Und auch nicht ein kleines bißchen könnten Sie mir geben, Hochwürden? Es ist so viel davon da! Seine Exzellenz würde es gar nicht einmal merken!

– Nein, habe ich gesagt... du kannst gehen... der Dom ist für die Allgemeinheit geschlossen – und er geleitete den Armen mit einem Fünf-Lire-Schein hinaus. Aber als der Unglückliche aus der Kirche hinausging, verschwand im gleichen Augenblick auch Gott. Bestürzt schaute sich Don Valentino um und forschte in den dunklen Gewölben: Selbst da oben war Gott nicht mehr. Und in ein paar Stunden sollte der Erzbischof kommen. In höchster Erregung öffnete Don Valentino eine der äußeren Pforten und blickte auf den Platz. Nichts. Auch draußen keine Spur von Gott, wiewohl es Weihnachten war. Aus den tausend erleuchteten Fenstern kam das Echo von Gelächter, zerbrochenen Gläsern, Musik und sogar von Flüchen. Keine Glokken, keine Lieder.

Don Valentino ging in die Nacht hinaus, schritt durch die unheiligen Straßen. Er wußte die rechte Anschrift. Als er in das Haus trat, setzte sich die befreundete Familie gerade zu Tisch. Alle sahen einander wohlwollend an, und um sie herum war ein wenig von Gott.

– Frohe Weihnachten, Hochwürden –, sagte der Vater. – Wollen Sie nicht unser Gast sein?

– Ich habe Eile, ihr Freunde –, antwortete er. Durch eine Unachtsamkeit meinerseits hat Gott den Dom verlassen, und seine Exzellenz kommt gleich zum Gebet. Könnt ihr mir nicht euern Herrgott geben? Ihr seit ja in Gesellschaft und braucht ihn nicht so unbedingt.

– Mein lieber Don Valentino –, sagte der Vater. – Sie vergessen, daß heute Weihnachten ist. Gerade heute sollten meine Kinder ohne Gott auskommen? Ich wundere mich, Don Valentino.

Und in dem gleichen Augenblick, in dem der Mann so sprach, schlüpfte Gott aus dem Hause, das freundliche Lächeln erlosch, und der Truthahnbraten war wie

Sand zwischen den Zähnen. Und wieder hinaus in die Nacht und durch die verlassenen Straßen. Don Valentino lief und lief und erblickte ihn schließlich von neuem. Er war bis an die Tore der Stadt gekommen, und vor ihm breitete sich, licht im Schneegewande schimmernd, das weite Land. Über den Wiesen und den Zeilen der Maulbeerbäume schwebte Gott, als wartete er. Don Valentino sank in die Knie.

– Aber was machen Sie, Hochwürden? – fragte ihn ein Bauer. – Wollen Sie sich in dieser Kälte eine Krankheit holen?

– Schau da unten, mein Sohn! Siehst du nicht?

Der Bauer blickte ohne Erstaunen da hin.

– Das ist unser –, sagte er. – Jede Weihnacht kommt er, um unsere Felder zu segnen.

– Höre –, sagte der Priester, – könntest du mir nicht ein wenig davon geben? Wir sind in der Stadt ohne Gott geblieben, sogar die Kirchen sind leer. Gib mir ein wenig davon ab, damit wenigstens der Erzbischof ein anständiges Weihnachten feiern kann.

– Fällt mir nicht im Traume ein, Ihr lieben Hochwürden! Wer weiß, was für ekelhafte Sünde ihr in der Stadt begangen habt. Das ist eure Schuld. Seht allein zu.

– Gewiß, es ist gesündigt worden. Und wer sündigt nicht? Aber du kannst viele Seelen retten, mein Sohn, wenn du mir nur ja sagst.

– Ich habe genug mit der Rettung meiner eigenen zu tun! – sagte der Bauer mit höhnischem Lachen, und im gleichen Augenblick hob sich Gott von seinen Feldern und verschwand im Dunkel. Und Don Valentino ging weiter und suchte. Gott schien seltener zu werden, und wer ein bißchen davon besaß, wollte nichts hergeben (aber im gleichen Augenblick, da er mit »nein« antwortete, verschwand Gott und entfernte sich immer weiter). Endlich stand Don Valentino am Rande einer grenzenlosen Heide, und in der Ferne am Horizont leuchtete Gott sanft wie eine längliche Wolke. Der Priester warf sich in den Schnee auf die Knie.

– Warte auf mich, o Herr –, bat er, – durch meine Schuld ist der Erzbischof heute allein geblieben.

Seine Füße waren zu Eis erstarrt, er lief im Schnee weiter und sank bis ans Knie ein, und alle Augenblicke fiel er der Länge nach hin. Wie lange konnte er es noch aushalten?

Endlich vernahm er einen großen, leidenschaftlichen Chor von Engelstimmen, ein Lichtstrahl brach durch den Nebel. Er öffnete ein hölzernes Türchen, es war eine riesige Kirche, und in ihrer Mitte betete ein Priester zwischen einigen Lichtern. Und die Kirche war voll des Paradieses. – Bruder –, seufzte Don Valentino, am Ende seiner Kräfte und mit Eisnadeln bedeckt, – habe Mitleid mit mir. Mein Erzbischof ist durch meine Schuld allein geblieben und braucht Gott. Gib mir ein bißchen von ihm, ich bitte dich. Langsam wandte sich der Betende um. Und Don Valentino wurde, als er ihn erkannte, fast noch bleicher, als er ohnedies war.

– Ein gesegnetes Weihnachten dir, Don Valentino –, rief der Erzbischof aus und kam ihm entgegen, ganz von Gott umgeben. – Aber Junge, wo bist du nur hingelaufen? Was hast du um Himmels willen in dieser bärenkalten Nacht draußen gesucht?

HERMYNIA ZUR MÜHLEN

NACHTGESICHT

Noch nie war eine Nacht so schwarz gewesen, so undurchdringlich, so voll drohender Schatten. Nur im Westen schwälte ein fahles Licht, und in seiner schaurigen Helle sah ich die ganze Welt liegen. Sie glich einer ungeheuren Stadt, aus deren nächtlicher Untiefe dunkle Schlote aufragten und mit Krallenfingern in die Lüfte griffen. Schlaf hüllte die Stadt ein, Schweigen umgürtete sie wie eine Mauer.

Da drang durch die Stille ein zorniger Ton – das Brausen und Donnern sturmgepeitschter Meereswogen. Und nun sah ich: Im Osten der Stadt brandete ein gewaltiger Ozean, und immer näher und näher kamen die schäumenden Wellen und schlugen gegen die Mauer der Stadt.

Und ich fragte im Traum: »Was ist dieses Meer, das die Stadt zu verschlingen droht?«

Und eine Stimme gab Antwort: »Das sind die Tränen, die der Hunger kleinen Kindern entpreßt hat. Diesem Meer vermag kein Wall zu widerstehen, kein Damm kann es aufhalten.«

Und ich sah auch schon, wie die Wogen Mauern und Wälle untergruben, wie Häuser und mächtige Schlote staubend zusammenbrachen.

Aber noch immer schlief die Stadt und ahnte nicht die Gefahr.

Und nun sah ich, aus dem Norden kommend, eine endlose Schar hagerer, trauriger Gestalten. Stumm und gramvoll schritten sie einher, und jede Gestalt trug in der Hand eine rotflammende Fackel, so daß der schwarze Himmel über der Stadt jählings purpurn erglühte.

»Wer sind diese Gestalten?« fragte ich.

Und die Stimme gab Antwort: »Es sind die Wünsche und Sehnsüchte der Armen, denen das Leben alles versagt hat. Was immer sie mit der Fackel berühren, verbrennt.«

Und ich sah auch schon, wie die Gestalten durch die vom Meer gerissenen Breschen in die Stadt eindrangen. Sah, wie, von den Fackeln berührt, Paläste und Schlösser lichterloh entbrannten und zu grauer, toter Asche zerfielen.

Aber noch immer schlief die Stadt und ahnte nicht die Gefahr.

Und dann vernahm ich aus der Ferne das schwere Stampfen unzähliger Schritte und Waffengeklirr und Kriegsruf. Und ich sah gewaltige Heere auf die Stadt ziehen, immer näher und näher kommen. Und hinter ihnen begann der Tag zu dämmern.

Aber noch immer schlief die Stadt und ahnte nicht die Gefahr.

»Wer sind diese Heere?« fragte ich.

Und die Stimme gab Antwort: »Es sind die zornigen Gedanken jener, denen Unrecht geschah, es sind die Forderungen nach Gerechtigkeit. Unbesieglich sind diese Heere, und ihren Waffen vermag nichts zu widerstehen.«

Und ich sah auch schon, wie die Heere in die Stadt eindrangen. Meeresrauschen und Waffengeklirr erfüllten die Luft, hoch lohten die Brandfackeln und zitternd erwachte die Stadt und schaute in ihr Verderben.

Ich verhüllte die Augen und wagte nicht aufzublikken.

Dann trat abermals Stille ein, nicht mehr das unheilvolle Schweigen der Nacht, sondern die frohe, friedliche Stille des frühen Morgens, und aus der Stille lösten sich perlend Töne, Hammerschlag und Sensengeklirr und Singen fröhlicher Stimmen.

Da öffente ich die Augen.

Und ich sah vor mir sonnenüberflutet eine gewaltige Ebene, grünend, der Ernte entgegenreifend. Und dort, wo die Stadt gestanden, bauten vieltausend fleißige Hände, und Häuser wuchsen empor, und das Meer lag still und gleißend da und liebkoste plätschernd die Ufer.

Große Freude erfüllte mein Herz; ich sprach laut:

»Sie bauen die neue Welt.«

Und erwachte vom Klang meiner eigenen Stimme.

JOHANN PETER HEBEL

EINER EDELFRAU SCHLAFLOSE NACHT

Es ist nichts lehrreicher, als die Aufmerksamkeit, wie im menschlichen Leben alles zusammenhängt, wenn man es zu entdecken vermag, z. B. Zahnschmerzen und das Glück eines Ehepaares, und wie selbst das, was unrecht und verboten ist, wieder gutgemacht werden kann, wenn's an den rechten Mann und die rechte Frau kommt, und wie in dem großen unaufhörlichen Wechsel der Dinge alles einzelne wieder verschwimmt, daß man ihm nimmer nachkommt, und doch getan bleibt und nicht verloren geht, es sei gut oder bös. Gleich als wenn man ein Glas Wasser in den Rhein ausgießt, kein Sterblicher ist im Stand, es wieder herauszuschöpfen, sondern es ist jetzt dem Rhein vermählt und augenblicklich verschwemmt in der großen Flut. Ja, wenn die Sonne Wasser aufzieht, wie man zu sagen pflegt, sind ein paar Tröpflein davon vielleicht auch dabei, und fallen irgendwo in Bayern oder Lothringen wieder aus einer Wasserwolke vom Himmel herab und erquikken ein Blümelein.

Eine Dienstmagd, jung und brav, auch hübsch, und ein Knecht gleicher Qualität, dienten miteinander auf einem Edelhof, und hätten nicht so gerne Kaffee getrunken oder alle Tage Braten gegessen, als vielmehr einander geheiratet. Allein sie waren Leibeigene, insoweit, daß sie verpflichtet waren, eine gewisse Zeit Hofdienste zu tun, und die Edelfrau wollte sie nicht früher aus dem Dienst entlassen, weil sie so brav waren in ihrer Aufführung und so fleißig und treu in ihren Geschäften. Deswegen saßen sie oft beisammen und weinten, oder sie weinte und er nagte an einem Holzsplitter. Ein andermal, wie die menschliche Laune wechselt, sprachen sie sich Mut ein, daß es ja nur noch um zwei Jährlein zu tun sei, und freuten sich schon im Voraus ihres zukünftigen Glücks. »Wenn du mein Weib bist«, sagte er, »und ich dein Mann«, und einmal vergaßen sie sogar die Zukunft und meinten, es sei jetzt. Nach Verlauf aber eines Jahres hat die Frau auf dem Edelhof in der Nacht desparates Zahnweh, nicht gerade deswegen. Sie steht aus dem Bette auf und wirft sich auf einen Stuhl, sie läuft aus einer Stube in die andere, aus der andern in die dritte. In der dritten setzt sie sich gegenüber einem Fensterlein, das in die Küche geht, mit einem weißen Vorhang davor, und das Zahnweh wird ihr nun bald vergehen. Sie sitzt jetzt am rechten Ort dazu. Denn aufeinmal sieht sie hell werden hinter dem weißen Vorhang und hört etwas sich bewegen, sie hört etwas flüstern und knistern, sie schiebt leise das Vorhänglein weg, und in der Küche stehen der Knecht und die Magd an einem Feuerlein nachts um zwölf Uhr und legen Späne an das Feuer, und auf dem Feuer steht ein Pfännlein. Bereits gibt das Zahnweh ein wenig nach. – »O Ihr gottloses Lumpenpack«, sagte sie inwendig für sich. »So ist denn keinem Menschen mehr zu trauen. Habt Ihr nicht alle Tage Euer ordentliches Essen? Ist es Euch nicht gut genug? Müßt Ihr mich noch in der Nacht bestehlen und Leckerbissen kochen?» Nach einiger Zeit stellt das Weibsbild das Pfännlein von dem Feuer, als ob sie jetzt die Leckerbissen verzehren wollten, der Knecht aber geht zur Tür hinaus. – »Wie der Tag anbricht, laß ich beide in das Gefängnis werfen«, so fuhr die Edelfrau fort, »und jage sie weg, ohne ehrlichen Abschied. Am Ende wird mir die Dirne auch noch schwanger von dem Burschen, in meinem eigenen Haus. So weit soll's mir nicht kommen.« Indem kommt der Knecht zurück und bringt ein vierteljähriges Kind auf dem Arme und gibt's der Mutter auf den Schoß. Da hörte plötzlich das Zahnweh der Edelfrau auf wie weggeflogen. Die Mutter gibt dem Kindlein aus der Pfanne den Brei, sie legt es an die mütterliche Brust, und der Schein des abnehmenden Feuers ging zur rechten Zeit über ihr Angesicht, als sie mit nassen Blicken ihr Kindlein noch einmal beschaute und dem Vater zurückgab und etwas zu ihm sagte. Denn da ward das Herz der Edelfrau wunderbar bewegt und kam auf andere Gedanken. Denn es war ihr, als ob die Mutter mit den nassen Blicken gesagt hätte: »Gott wird des armen Würmleins sich auch erbarmen«, und als ob sie dazu bestimmt wäre. Ja, es fuhr ihr mit Grausen durch die

Seele, was für ein Unglück in ihrem Hause hätte geschehen können, wenn nicht Gott das Herz der Eltern vor einem schweren Verbrechen bewahrt hätte.

Am frühen Morgen ließ sie beide Eltern vor sich bescheiden. Beide sahen einander an. »Was gilt's«, sagte sie, »wir bekommen unsere Freiheit.« – »Oder auch nicht«, sagte er. Die Edelfrau aber, als sie herein getreten waren, redete sie ernsthaft und gebieterisch an: »Wo habt Ihr euer Kind?« Da glaubten beide in den Boden zu versinken vor Schrecken und Scham und schauten einander verstohlenerweise an, gleichsam ob das andere noch da sei. »Wo Ihr euer Kind habt«, wiederholte die Edelfrau. – »Weil wir denn doch eins haben«, stotterte endlich der Vater, »in der Holzkammer hinter einer Beige.» Als es aber der Bursche holen mußte, bracht' er es, wie es war, in einem alten Felleisen. Es war reinlich gehalten und gebütschelt auf einem Bettlein von Heu und weinte, als ob es schon wüßte, wie man es machen muß. Da erbarmte sich das Herz der Edelfrau noch mehr, und als die treue Magd und Mutter reuevoll und mit Tränen bat, sie und ihr unschuldiges Kind nicht unglücklich zu machen, konnte die Edelfrau ihre Rührung nicht mehr verbergen: »Nein, ich will euch nicht unglücklich machen«, sagte sie. »Ich will euch die Härte vergelten, die ich an euch begangen habe. Ich will euch den Kummer versüßen, den ihr getragen habt. Ich will eure Sünde wieder gut machen. Ich will euch die Barmherzigkeit vergelten, die ihr an eurem Kinde getan habt.« Meint man nicht, man höre den lieben Gott reden in den Propheten oder in den Psalmen? Ein Gemüt, das zum Guten bewegt ist und sich der Elenden annimmt und die Gefallenen aufrichtet, ein solches Gemüt zieht nämlich das Ebenbild Gottes an und fällt deswegen auch in seine Sprache. – »Ihr könnt euch am Sonntag in aller Stille zusammengeben lassen«, sagte die Edelfrau. – »Ich will euch ein angenehmes Heiratsgut stiften. Ich will aus eurem Kinde etwas werden lassen. Ist's ein Büblein?« – Also wurden sie am nächsten Sonntag auf Geheiß der Edelfrau zusammen gegeben und lebten seitdem in Liebe und Frieden ehrlich beisammen. Das Büblein aber kann jetzt schon Haselnüsse aufbeißen und lernt fleißig und hat runde rote Backen. – Was aber weiter daraus werden soll, weiß der, der den Himmel mit der Spanne mißt und den Staub der Erde mit einem Dreiling.

GEORG BRITTING

ERWACHEN IN DER NACHT

Nacht weht wie ein schwarzes
Tuch vorm Fenster,
Nacht der Eulen und Gespenster,
Im Gebälk tönt Geisterhauch und Fluch.
Mäuse knistern so, als krallten
Sie die Blätter um in einem alten
Schauerlichen Traum- und Zauberbuch.

FRIEDRICH HEBBEL

DIE WEIHE DER NACHT

Nächtliche Stille!
Heilige Fülle
Wie von göttlichem Segen schwer,
Säuselt aus ewiger Ferne daher.

Was da lebte,
Was aus engem Kreise
Auf ins Weitste strebte,
Sanft und leise
Sank es in sich selbst zurück
Und quillt auf in unbewußtem Glück.

Und von allen Sternen nieder
strömt ein wunderbarer Segen,
Daß die müden Kräfte wieder
Sich in neuer Frische regen,
Und aus seinen Finsternissen
Tritt der Herr, so weit er kann,
Und die Fäden, die zerrissen,
Knüpft er alle wieder an.

KONRAD WEISS

MORGEN-LEIS

Nach einer schlaflos langen Nacht
den Sinn dumpf, müd und überwacht
weckt quirlend eine Vogelstimme,
das klingt so rein im frühen Schein,
und über jedem dunklen Grimme
schläft Unrast ein und Eigenpein.

Da irgendwo, wo ich nicht weiß,
singt nun das Kehlchen wirbelleis
und steht auf seinen zarten Füßen,
es ringt sein Mund, ihm selbst nicht kund,
als müsse doppelt es begrüßen
zu dieser Stund den Erdenrund.

Mein Sinn und mein Gedankenspiel
sucht neu erquickt das alte Ziel:
So will ich meine Seele schreiben,
so rein und nicht verdrossner Pflicht,
daß nirgendwo die Füße bleiben,
daß mein Gesicht vergeht im Licht.

WERNER BERGENGRUEN

DER MORGENSTERN

Horch! Aus der gestorbenen Dämmerwelt
kommt ein Frühwind, kommt ein Klang getreu.
Eine dünne, ferne Glocke schellt
und beruft dich neu.

Tiefbetrübter, da du aufgeschaut:
jählings aus dem finstern Wolkenkranz
tritt die holde, liebreiche Braut –
Venus, Immertrost und Freudenglanz!

Durch Jahrtausende ist sie gereist,
daß sie heute dir zu Häupten steh.
Unser keiner ist verwaist.
Gloria tibi, Domine.

KURT MARTI

DAS LICHT

der sagt ich bin
sagt uns ihr seid

der sagt ihr seid
sagt uns ich bin

das licht der welt

Die Autoren

Beer-Hofmann, Richard: * 1866 in Wien, † 1945 in New York
Benn, Gottfried: * 1886 in Mansfeld / Westpriegnitz, † 1956 in Berlin
Bergengruen, Werner: * 1842 in Riga, † 1964 in Baden-Baden
Borges, Jorge Luis: * 1899 in Buenos Aires, † 1986 in Genf
Britting, Georg: * 1891 in Regensburg, † 1964 in München
Buzzati, Dino: * 1906 in Belluno / Venetien, † 1972 in Mailand
Carsten, Catarina: * in Berlin
Claudius, Matthias: * 1740 in Rheinfeld / Lübeck, † 1815 in Hamburg
Dach, Simon: * 1605 in Memel, † 1659 in Königsberg
Dickens, Charles: * 1812 in Landport / Portsmouth, † 1870 in Gadshil Place / Rochester
Droste-Hülshoff, Annette von: * 1797 auf Gut Hülshoff / Münster, † 1848 in Meersburg / Bodensee
Dunsany, Edward John Moreton Drax Plunkett Lord: * 1878 in London, † 1957 in Dublin
Eich, Günter: * 1907 in Lebus / Oder. † 1972 in Salzburg
Eisenreich, Herbert: * 1925 in Linz / Österreich, † 1986 in Wien
Goethe, Johann Wolfgang von: * 1749 in Frankfurt / M., † 1832 in Weimar
Gryphius, Andreas: * 1616 in Glogau, † 1664 in Glogau
Gutl, Martin: * 1942
Hebbel, Friedrich: * 1813 in Wesselburen / Holstein, † 1863 in Wien

Hebel, Johann Peter: * 1760 in Basel, † 1826 in Schwetzingen

Heinesen, William: * 1900 in Thorshavn / Færoer-Insel

Hemingway, Ernest: * 1899 in Oak Park / Illinois, † 1961 in Ketchum / Idaho

Hofmannsthal, Hugo von: * 1874 in Wien, † 1929 in Rodaun

Hölderlin, Friedrich: * 1770 in Lauffen / Neckar, † 1843 in Tübingen

Keats, John: * 1795 in London, † 1821 in Rom

Koller, Angelika: * 1955 in München

Lavant, Christine: * 1915 in Groß-Edling / Kärnten, † 1973 in Wolfsberg / Kärtnen

Marti, Kurt: * 1921 in Bern

Péguy, Charles: * 1873 in Orléans, † 1914 in Plessis-l'Évèque b. Villeroy

Penzoldt, Ernst: * 1892 in Erlangen, † 1955 in München

Rilke, Rainer Maria: * 1875 in Prag, † 1926 in Montreux

Rosendorfer, Herbert: * 1934 in Bozen

Strauß, Ludwig: * 1892 in Aachen, † 1953 in Jerusalem

Sung-ling Pu: * 1640, † 1715

Tersteegen, Gerhard: * 1697 in Moers, † 1769 in Mülheim / Ruhr

Trakl, Georg: * 1887 in Salzburg. † 1914 in Krakau

Wegner, Armin T.: * 1886 in Elberfeld, † 1978 in Rom

Weiß, Konrad: * 1880 in Rauenbretzingen / Württ., † 1940 in München

Werfel, Franz: * 1890 in Prag. † 1945 in Beverley Hills / USA

Zur Mühlen, Hermynia: * 1883 in Wien, † 1951 in Radlett b. London

Quellennachweis

Für die nachstehenden Autoren erteilten uns die Verlage freundlicherweise die Abdruckerlaubnis:

Beer-Hofmann, S. 46, aus: Richard Beer-Hofmann, Gesammelte Werke. © S. Fischer Verlag GmbH, Frankfurt am Main 1963
Benn, S. 56, aus: Gottfried Benn, Statische Gedichte. © 1948 by Verlags-AG Die Arche, Zürich. Veränderte Neuausgabe © 1983 by Arche Verlag AG, Raabe + Vitali, Zürich
Bergengruen, S. 111, aus: Werner Bergengruen, Das Buch Rodenstein. © 1950 by Verlags-AG Die Arche, Zürich. S. 169, aus: Werner Bergengruen, Die heile Welt. © 1950 by Verlags-AG Die Arche, Zürich
Borges, S. 86, aus: Jorge Luis Borges, Blaue Tiger und andere Geschichten. Ausgewählt und herausgegeben von Gisbert Haefs. © 1988 Carl Hanser Verlag, München/Wien
Britting, S. 166, aus: Georg Britting, Gedichte 1919–1939. © by Nymphenburger Verlagshandlung in der F.A. Herbig Verlagsbuchhandlg. GmbH, München
Buzzati, S. 154, aus: Dino Buzzati, Geboren ward das Licht. Aus dem Italienischen übersetzt von Alfred Boensch. Agentur des Rauhen Hauses, Hamburg
Carsten, S. 58, aus: Catarina Carsten, Meine Hoffnung hat Niederlagen. Otto Müller Verlag, Salzburg 1988
Dickens, S. 59, aus: Charles Dickens, Aufzeichnungen aus Amerika, Bilder aus Italien. Winkler-Verlag, München 1976

Dunsany, S. 118, aus: Lord Dunsany, Das Fenster zur anderen Welt. Ü: Friedrich Polakovicz. © Insel Verlag, Frankfurt am Main 1971
Eich, S. 152, aus: Günter Eich, Gesammelte Werke. Die Gedichte. © Suhrkamp Verlag, Frankfurt am Main 1973
Eisenreich, S. 48, aus: Herbert Eisenreich, Verlorene Funde. Verlag Styria, Graz / Wien / Köln 1976
Gutl, S. 13, aus: Martin Gutl, Der tanzende Hiob. Verlag Styria, Graz / Wien / Köln ⁵1986
Heinesen, S. 29, aus: William Heinesen, Das verzauberte Licht. © der Originalausgabe by Gyldendalske Boghandel / Nordisk Forlag, Kopenhagen. © für die deutsche Übersetzung von A.O. Schwede by Verlag Volk und Welt, Berlin / DDR 1966
Hemingway, S. 98, aus: Ernest Hemingway, 49 Stories. © 1950 by Rowohlt Verlag, Hamburg
v. Hofmannsthal, S. 93, aus: Hugo v. Hofmannsthal, Gedichte. IB 461. © Insel Verlag, Frankfurt am Main 1970
Keats, S. 127, aus: John Keats, Gedichte. Zweisprachig. Übertragen von Heinz Piontek. © 1984 by Franz Schneekluth Verlag, München
Koller, S. 14, aus: Wem gehört die Erde? Hrsg. von Paul Konrad Kurz. Matthias-Grünewald-Verlag, Mainz 1987. © Autorin
Lavant, S. 151, aus: Christine Lavant, Spindel im Mond. Otto Müller Verlag, Salzburg ³1959
Marti, S. 170, aus: Kurt Marti, geduld und revolte. die gedichte am rand. © RADIUS-Verlag GmbH, Stuttgart 1984
Péguy, S. 21, aus: Charles Péguy, Das Mysterium der Hoffnung. Herold Verlagsgesellschaft, Wien o.J.

Penzoldt, S. 45: © Suhrkamp Verlag, Frankfurt am Main
Rilke, S. 139, aus: Rainer Maria Rilke, Sämtliche Werke. © Insel Verlag, Frankfurt am Main 1955
Rosendorfer, S. 74, aus: Herbert Rosendorfer, Ball bei Thod. © by Nymphenburger Verlagshandlung in der F. A. Herbig Verlagsbuchhandlung GmbH, München
Strauß, S. 73, aus: Paul Hühnerfeld (Hrsg.), Zu Unrecht vergessen. Marion von Schröder Verlag, Hamburg 1957. Ein Rechtsinhaber war nicht ausfindig zu machen
Weiß, S. 168, aus: Konrad Weiß, Gedichte 1914–1939. Kösel-Verlag, München 1961
Werfel, S. 49, aus: Franz Werfel, Jeremias – Höret die Stimme. © S. Fischer Verlag GmbH, Frankfurt am Main 1956
Zur Mühlen, S. 158, aus: Hermynia Zur Mühlen, Das Schloß Wahrheit. Verlag der Jugendinternationale, Berlin 1924